リョウは太ももに仕込んでいた
短剣を抜いて構えた。
Kazuki Karasawa
唐澤和希
illustration
桑島黎音
転生少女の履歴書《てんせいしょうじょのりれきしょ》
13

勝利を収めたアランと視線が合った気がした。
そして、まるで勝利を私に捧げるとでも
言いたげに剣をリョウに掲げる。

「俺は、王族だ。
ベイメール王国第七王子
ハイダル」

「来い、マルジャーナ」

リヨウは、驚くアランの顔を
挟むように両手を置いた。
壁ドンならぬ、ベッドンである。
「城が欲しいんじゃなくて！
私が欲しいのはアランなの!!」

INTRODUCTION

ついに一夜を共に…!?

リョウとアランが移住した村に、どことなく偉そうな銀髪の男がやってくる。
男はリョウたちと似たような特徴を持つ若い男女の二人組を探しているらしい。
だが、ハイダルはリョウの顔を見て自分の探し人ではないと告げる。
ほっとしたのも束の間、男は自分がベイメール王国の
第七王子ハイダルだと語った。
ハイダルはもうすぐ始まる王位継承戦のために、
リョウとアランを自分の手駒である十二星柱に入らないかと誘ってくる。
リョウもハイダルの力を利用し、領主の横暴を止められないかと画策する。
そうしてハイダルと共に、領主のいる街にまで
向かうことになったリョウとアラン。
その旅の中で、リョウは、もっと触れ合いたいという
今までになかった気持ちが芽生え始める。
リョウと夜を同室で過ごすことを避けていたアランだったが、
リョウの気持ちを知って、とうとう同じ部屋で
一晩明かすことになるのだった。

転生少女の履歴書

13

唐澤和希

ヒーロー文庫

転生少女の履歴書《てんせいしょうじょのりれきしょ》 13

CONTENTS

Ryo=Rubyforn
リョウ=ルビーフォルン　F

ベイメール王国ガリンガリン村

FAMILY
親代わり　コウキ、アレクサンダー
恋人　アラン=レインフォレスト

illustration 桑島黎音

イラスト／桑島黎音
装丁・本文デザイン／5GAS DESIGN STUDIO
校正／吉田桂子（東京出版サービスセンター）
ＤＴＰ／鈴木庸子（主婦の友社）

この物語は、小説投稿サイト「小説家になろう」で
発表された同名作品に、書籍化にあたって
大幅に加筆修正を加えたフィクションです。
実在の人物・団体等とは関係ありません。

プロローグ　とある村の老人

「おなか、すいたなぁ……」

わしの膝の上に座っていた孫がそうこぼした。

六つになる孫は、とても小さくて痩《や》せ細っている。

お腹《なか》が空いた、と口にしたところで、食べ物が降って湧《わ》いてくるわけもない。孫は幼いながらにもそのことをすでにわかっているようで、その後は何も言わずに顔を俯《うつむ》かせて再び木の根っこの切れ端にかじり付いた。

何度も噛《か》んで吸われたその木の根っこは、ボロ切れのようになっている。もうそれをしゃぶっても、なんの味もしないだろう。

しかしわしにはもうどうすることもできなくて、そっと孫の頭にシワだらけの手を置いて、撫《な》でた。それぐらいしかしてやれない、己《おのれ》の枯れ木のような手が憎らしい。

幼い子に、こんなひもじい暮らしなどさせたくないというのに、どうしてこんなことになったのか。

わしらは別に、怠惰《たいだ》に過ごしていたわけではない。

先祖から受け継いだ畑を大切に耕して作物を育ててきた。わしもこの土地の恵みで育てられてきたし、息子たちも畑に実る作物を食べさせて育ててきた。だというのに、もうその頃のことが遠い夢物語のように思える。

軽く頭を上げると、眼前に畑が見えた。

手入れが行き届かずに、荒れている。

この時期ならば、もっと畑一面に青々とした葉野菜が広がっていたはずなのだが。

これでは当然ながら、今回も税を納めることができない。足りない分はどうするか。

この村に、足りない税を補うために外に働きに出られる若者はいない。もう出尽くしてしまったのだ。

そして若い女たちも、村の者たちが罪を犯した刑罰として、王都に連れて行かれた。

罪。何が罪か。

どれほど畑を耕しても、実った作物は全《すべ》て徴税される。

自分らで食べられるものがないから、少し離れた場所でひっそりとささやかな畑を作っただけだ。それを罪だというのなら、わしらは何も食わずに死ねということか。

この村に残っているのは、わしのような年寄りと、まだ働けない年齢の子供だけだ。

それだけで、どうやって畑を耕せというのだろう。しかもどうせ耕したところで、全て奪われる。

ならば、もう何もしたくない。

やつら役人どもにもう何一つくれてやりたくない。

わしらは今カイトがかじり付いている木の根と同じだ。どれほど吸い付こうが、もうそこから搾《しぼ》り取れるものは何もないのだ。

お望み通り死んでやれば満足か。

そうだ、そうなったら、困るのはやつらだ。

わしらを追い込んだやつらに、わしらが死んで初めてわからせてやることができる。

「じいちゃんどうしたの？　泣いてるの？」

気づけば孫がこちらを振り返って見ていた。心配そうに、大きな目を見開いて。わしの目元に小さな手が触れた。

その手が濡れている。

わしの目から涙が溢《あふ》れていたことに、今更ながら気づいた。

「おなかすいたの？　じゃあね、これ、あげるよ」

先ほどまでしゃぶっていた木の根をこちらに差し出して、笑顔を向ける。

ああ、なんて優しい子なのだろうか。

父や母が恋しい年頃だ。思い切り甘えたかったはずだ。だというのに全て奪われ、わがままの一つすら言えない。

死んでわからせる？　この可愛《かわい》い幼子を道連れにしてか？

少し前まで胸の内を占めていた暗い考えに、我がことながらゾッとした。

それは……間違っている。

何も悪いことなど犯していないこの幼い子供の未来まで、どうして奪われなければならない。

そんなこと、我慢ならない。許せない。許すことができない。

もうこれ以上、何も奪わせたくない。

これ以上奪われ続けるぐらいなら、いっそ……。

第六十三章　ガリンガリン村編　気ままな二人旅

私には前世の記憶がある。

前世の私は、あまり親の愛に恵まれなかった。だから私は、親の歓心を得るために、努力した。勉強、スポーツ、美術、親の関心を集めるために色々なことに手を出して、それぞれ優秀な成績を収めてきた。

しかし、まあ、欲しかった愛を得ることはなく、不幸な事故でその命を終えたのだけど。

そして現世。剣と魔法のファンタジーな異世界にまさかの転生。

貧農の娘として生まれた私は、今世こそ愛されてみせるとばかりに頑張ったけれど、結局親に売られた。そして貴族の小間使いになり、山賊に攫《さら》われ、その一味に加わり、家族ができて、貴族の養女になって、学園に入学して友人たちと出会い、商会を起こして商人として一旗上げてやるぜと思ったら、王族の婚約者になり、流れで女神にさせられ……そして今はただのリョウとして、アランを追いかけて隣国ベイメール王国にやってきた。

アランとは最初に訪れた港町バスクにて無事に再会を果たし、現在は二人旅の最中。

アランとは不思議な縁があるように思える。最初に会ったのは五歳ぐらい。出会い頭に泥水をぶっかけられて、第一印象は最悪だった。でもそこからアランが私の子分になって、友になって……今は恋人と呼べる人になった。私は十六歳。

この世界に転生して、十六年経《た》った。

「ここが、ベイメール王国の最東端か」

感慨深げにアランがそう呟《つぶや》くのを聞きながら、私は五十メートルほどの高さがある切り立った崖を見上げた。どうやら私が行ってみたいと言った場所にたどり着いたようだ。崖の上は下からだとよく見えないが、多分森だ。鬱蒼《うっそう》と茂る森が広がっているのだろう。

カスタール王国にいた頃に見た『魔の森』と同じように。

魔の森は、私とアランがもともと住んでいたカスタール王国と今私たちがいるベイメール王国を二分するように南北に延びる大きな森。その森には魔物がいるために、カスタール王国では結界が張られていた。

結界というのは、川の流れだったり、しめ縄みたいなのを張り巡らしたりして作られた、中にいる魔物を封じるもの。カスタール王国では魔法使いたちが定期的に結界の手入れをして魔物が人の生活圏内に入らないように守ってくれている。

一度、災害で結界が崩れ、魔物たちが人の住んでいる場所までやってきた時は、大変なんてもんじゃなかった。

そんな人々の暮らしを守るのに必要不可欠な結界の維持には魔法使いの力が必要なので、ベイメール王国ではどうなってるのだろうと気になって見にきたわけである。

なにせアランの話によると、この国、ベイメール王国には魔法使いがいないらしいからね。いや正確に言えば、魔法使いの素質を持つ人はいるけれど呪文を知らないので魔法が使えないのだ。

魔法使いがいないんじゃ結界なんかボロボロで、魔物も出入り自由なんじゃない？

そう思って目指した場所、ベイメール王国の最東端がここなわけだ。

最東端は、切り立った岩壁が果てしなく続いている。ここが、行き止まりだとでも主張するように。

「カスタール王国では、川や縄を使って結界にしてましたけど、この国だとこの岩壁が結界の代わりってことなんですかね？」

私がそう尋ねると、アランが「そうみたいだな」と言って頷《うなず》き私の方を見た。

「ここまではっきりとした『境界線』があれば、魔法使いが定期的に手入れをしなくても結界として機能する。それに、結界を張るのは必ずしも呪文が必要というわけではないから、ベイメール王国にいる魔法使いの素養を持つ者たちが手入れをしているのかもしれないな」

ほほう。アランの解説を聞いた私は、顎に手を置いた。

なるほどね。ちゃんと結界の役割を担《にな》えるのなら、ひとまずは安心、しても良いのかな。

ここまで来るの結構大変だったけれど、意外とあっさりと疑問が解決してなんとなく拍子抜けだ。

それに、ちょっと気が抜けてなんか疲れが一気に来た。

私とアランの二人旅で、この田舎《いなか》の辺境地まで来るのはなかなか大変だった。

途中までは馬車で行けたけれど、東に行くにつれて人通りもなくなり、宿なんかあるはずもなく野宿を余儀なくされ、野生動物も襲ってくるし、最後の方は道らしい道もなくなっていた。

流石《さすが》に、道なき道を歩きながらのサバイバル野宿生活は堪《こた》えた。

「リョウが気になっていた結界を確認し終わったし、今度はどこに行く？」

疲れを知らないアランが、もうワクワク顔で次の旅の目的を聞いてくる。

やー、今はもうゆっくりしたいなって気分だけど、でも確かに次はどこに行こうか。

うーん、正直大自然は見飽きたし、人のいる場所に戻りたいかなぁ。

旅の途中で、色んな町の噂《うわさ》を聞いたりもして、行きたいところはまだまだあるんだけど、どれにするかってなると、迷う……。

ふと顔を上げると、アランがきらきらした黄緑色の瞳でまっすぐ私を見ていた。

次の目的地はどこかなって、純粋に楽しみにしているのだろうか。瞳の輝きが半端ない。

聞いた話によると、人は興味深い体験をしている時や好きなものを見る時に瞳孔が開いて、目がきらきらして見えるそうだ。

アランったら、そんなに新しい国を回るのが楽しいとは。まあ気持ちはわかるけど。わくわくするよね。

そうだなぁ、ここまでの旅の目的地は私が決めたので、次はアランに決めてもらうのも良いかもしれない。

「アランは、どこか行きたいところありますか？」

「俺は、リョウの隣にいられればそれで良い」

なんのてらいもなくそんなことを宣《のたま》うアランに思わず絶句した。よくよく見ればアランの優しい眼差《まなざ》しときたら、今にも『愛してるぜベイビー』とでも言いたそうなぐらいに甘さがある。

いや、もう本当に、アランさんは、油断するといつもこれ！　唐突に恥ずかしいセリフを恥ずかしげもなく言うのである。

なんなの!?　照れたりしないの!?　言われた私が照れてしまうんだが!?

あ、それとも、これはアランの罠《わな》？　照れる私を見て悦に入るなどという性癖を持っているのでは!?

はは−ん、なんとも良いご趣味をお持ちなようで。そもそも、私のことをずっと好いているという時点で、趣味が良いのは明らかだけど。

なにせ、子供の頃の私ときたらアランのことを子分扱いしていたし、アランが思いの丈《たけ》を告げた時に騙《だま》し討ちみたいにして眠らせたりして……。

そう考えるとアランの趣味って本当に、変わってる、よね？

なんか今更怖くなってきた。アラン、なんで私のこと好きなの？　正気？　正気なの？

「……アランて、なんで私のこと好きなんですか？」

あ、油断して、ついぽろっと本音がこぼれた。

アランは、怪訝《けげん》そうな顔をして首を捻《ひね》る。

「何言ってるんだ？　リョウを知って、リョウを好きにならないやつなんていないだろ？」

いやそんなことはない。そんなことないよ、アランさん。

私を知って私を好きにならないやつなんて、ごまんと見てきたよ。

やだ、アランの中の私、どんだけ美化されているの？

私が戸惑っていると、アランが引き続き甘い微笑《ほほえ》みを浮かべながら私の手を取った。

「リョウは、この世界の誰よりも綺麗《きれい》だ」

お、おおおお、おーいおいおい、アランさん！

「ちょっと、アラン、それは流石《さすが》に言いすぎです……」

確かに、私は美少女と言っても過言ではないけれど！　でも世界一は、流石にね!?

私は思わず顔が熱くなって、顔を俯《うつむ》かせた。

はー、アランは、本当にいつもこれ。油断すると甘いセリフを吐いてくる。あー、ダメダメ心拍数上がってきた。

落ち着け、落ち着け。私よ、落ち着くのだ。

くっ。なんか、アランに上手《うま》いことやり込められてるような感じがして、悔しい！

ていうか、アランて、意外と恋愛スキル高くない？　よくこんな恥ずかしいセリフを恥ずかしげもなく言えるよね!?

私ばかりがこんなふうにギャフンと言わされるのは、なんとなく癪《しゃく》だ。

私だって、私だって、負けない。

私はどうにかこうにか顔を上げて微笑んでみせた。

「ア、アランも、その、世界一かっこいい、んじゃないかな……？」

かー！　やり込めてやろうとしてるのに、やっぱり恥ずかしくて、なんか中途半端な物言いになってしまった！　この中途半端さがむしろ余計に恥ずかしい!!

なんてこった、私の意気地なし！

私は一瞬遠い目になったが、どうにかアランに焦点を合わせて彼の反応を窺《うかが》った。

先ほどの精一杯の私なりの甘い言葉で、あたふたしてくれたらいいんだけど……。

そう思って少しばかり期待して見つめた先には、アランの心底嬉《うれ》しそうな微笑《ほほえ》みがあった。

「ありがとう、リョウ。嬉しい」

はー！　素直か！　普通に純粋に喜んでいやがる！

なんだこれ！　ただただ私が恥ずかしい思いをしただけ！

というか、こんなに心中であたふたしてるの、私だけ？　もうなんか、色んな意味でアランに敵《かな》いそうにないんだけど……。

アランの純粋さが、眩《まぶ》しすぎる……。

「とりあえず戻るか。戻る途中で行きたいところも見つかるかもしれない」

私がアランの純粋さに震えていると、アランはそう言って私の手を引いて歩き出した。

私はすごすごとアランのエスコートに従ってついて行く。

アラン、本当に、大きくなったなぁ。

半歩後ろでアランについていく私は、ちらりとアランを見ながらそんなことを思う。

出会った頃は、クソガキだったし、背丈も同じぐらい、いや、私の方が少し大きいぐらいだった。

けれども今は、私よりも頭一つ分ぐらいはアランの背が高い。

それに、たくましくなった。今繋《つな》いでくれている手だって、私よりもずっと大きいし、硬い。

あの綺麗《きれい》な黒髪の艶《つや》やかさも、きらきらと輝くエメラルドの瞳も変わらないけれど、顔立ちだって精悍《せいかん》になって……大人っぽくなった。

いや、そりゃあ、出会った五、六歳の頃と比べたら、大人っぽくはなるだろうけれど。

不思議。ずっと一緒にいたのに、どうして、私、今までこんなに素敵な人が側《そば》にいて、平気でいられたんだろう。

アランを追いかけて隣国に来て早々再会して、そのあとはずっと一緒。時折放たれるアランの甘い言葉に毎回ドキドキして、いつか慣れるかと思ってたのに、慣れる気配もなく。今日まで、ドキドキしながら一緒にいる。

なんか、私が私じゃないみたい。

本当、好きって、すごい。恋ってすごい……。

私が、アランのことを考えながらとぼとぼ歩いていると、行きの時には気づかなかったちょっとした小道にたどり着いた。

綺麗に整地された道、とまではいかないけれど、先ほどまで歩いていた獣道と比べればずっと歩きやすい。

いくらか人の通りがありそうだ。

「この道沿いに進んでみるか」

アランのその提案に頷《うなず》いた。悪くない。足の向くまま気の向くままの旅だもの。

道沿いに進んで運よく乗り合い馬車でも通ってくれたらなぁなどと思っていると、ちょうど道の先から人の気配を感じた。

一瞬、久しぶりの人の気配に嬉《うれ》しくなったけれど、なんか物々しい感じがして、思わずアランと私は足を止めた。

「前方に、何かいますね」

「ああ……」

私の声かけに、アランも頷き警戒の眼差《まなざ》しを向ける。また、山賊とかの類《たぐ》いだろうか。

実は、最東端に至る道すがら、何度か山賊に遭遇している。

アランと私の力にかかればそれらを撥《は》ね除けるのはさほど難しくはないのだけれど、しかしなかなかの数の賊だった。

この国は、あまり治安が良い国とはいえないみたい。

というか、カスタール王国が特殊なだけかもだけど。

なにせあの国の人たちは、魔法使いに頼り切ってる人が多いし、理不尽なことがあってもいつか来る魔法使いの恵みを夢見て耐えている人が多い。

山賊になって暴れたるわ！　なんて思いつくのは親分ぐらいなものだった。

私とアランが警戒しつつ前方を窺《うかが》うと、ご老人たち八人ほどの集団がこちらによたよたとおぼつかない足どりで向かってくるのが見えた。

手には鍬《くわ》とか農具を持っている。その農具を杖《つえ》代わりにして進んでる人までいる。

なんだ、山賊とかじゃないみたい。この近くの農村の人たちかな？　一体、どうしたのだろう。

私とアランは、なんだか急いでいる様子のご老人たちが通りやすいように道の端による。

挨拶しがてら何かあったのか聞いてみようかなと思ったところで、老人たちが立ち止まった。

私とアランを取り囲むような感じで。ここまで来るのに疲れたのか、ぜえぜえと荒い息をして呼吸を整えつつ、ご老人たちはのっそりとした動きで杖代わりの農具をこちらに向けた。

「か、金目のものを、置いてッ！　しゃ、しゃっしゃと！　どっか行くんじゃい！」

え……？

「なんか置いてけば、ぜえぜえ、命までは！　ぜえぜえ、とらん！」

ん……？　なんか息も絶え絶えに訴えてきた言葉を顧みるに、こちらのご老人方、私とアランから略奪しようとしてるの？

ようやく現状を理解した私とアランはお互いに目配せをし合った。お互い戸惑いの眼差《まなざ》しだ。

「どうする？　追い払うか？」

コソッとアランが話しかけてきたので、私はうーむと唸《うな》った。

略奪が目的っぽいから、追い払うのが一番だとは思うけれど……なんかここまで歩いてくるのにも死にそうになってる彼らに、無体を働くのも気がひけるというかなんというか。

「おい！　二人でこそこそと何を話して……ゴッホゴッホ、ゲフゲフ……水、喉が……」

私とアランがこそこそ話しているのを咎《とが》めてきたらしいご老人が、むせ始めた。

周りのご老人たちが、むせたご老人の背中をさする。むせたご老人が、水が、水が、と言って片手を上げてるので、その手に私は持っていた水袋を持たせた。

お爺《じい》さんは、必死でその水袋を抱えて水を浴びるように飲んだ。それでどうにか落ち着いたのか、ふうと一息ついて、「いやぁ、こりゃすまないねぇ」と言って水袋を私に戻す。

そして一呼吸つくと、むせた時に落とした農具を拾って私に向けた。

「有り金全部置いてきんしゃい！」

むせたのが落ち着いたご老人がそう言うのを見て、私とアランは再び目線を交わした。

「なんか、訳ありっぽいな」

「ですね。……話、聞いてみていいですか？」

「リョウは、どうせこういうのほっとけないからな」

アランが肩をすくめた。私の考えなんてお見通しとばかりだ。

いや、だって、気になるじゃん。こんなぜえぜえ言いながら、山賊しようとしてるなんてさ……。

ただ……。

「まずは彼らの戦意を削《そ》がないとですね」

私は、太ももに仕込んでいた短剣を抜いて構えた。

話を聞くにしても、まずは、このご老人たちを大人しくさせてからだ。事情はどうあれ、略奪行為を働いていることに対しては、流石《さすが》に少しは痛い目を見た方がいい。

相手は元気のなさそうで今にも倒れてしまいそうなご老人。とはいえ、八人もいて農具だけど武器になるものを持っている。

油断は禁物……と思ったけれど、よたよたした足取りで近づいてきて、「とりゃあ〜」という気の抜けた炭酸みたいな声とともに振り下ろされた鍬《くわ》は、とーってもゆっくり。私は冷静に、鍬の柄の部分を掴《つか》み、ご老人から奪い、相手を押し返して転ばした。

それを見て慌てた他のご老人の攻撃も、同じような弱々しさだったため、同じように武器を奪って薙《な》ぎ払う。隣を見れば、アランも同じことしてた。

そして最後のご老人から武器を奪い取り、相手をそのまま押して地面に転がすと、気づけばご老人たちがみんな地面に腰を打ち付けて、「いててててぇ」と言いながら座り込んでいた。

大丈夫？　やる気ある？　いや、あっても困るけど、これは流石《さすが》にひどすぎない？

こんなに爽快感のない無双ある？

へたり込む爺《じい》様山賊を見ながら、私は少しばかり途方にくれたのだった。

◆

おそらくここは、ベイメール王国最東端の農村なんじゃないだろうか。

私は、たどり着いた農村を改めて見回す。

主に育てているのは、陸稲《りくとう》かな、一部、豆科っぽい植物も見えた。カスタール王国に近いからか、植生が向こうと似ている。

だが、どの作物も元気がないというか、正直畑は荒れ果てている。

ここまで案内してくれたお爺さんたちご一行が、「農村です」と言ったから、これが畑なのだとかろうじてわかったけれど、言われなかったらただの荒地だと思ったかもしれない。

「畑が荒れ果ててますけどこれは……」

私がそう言って、縄で縛った案内人に問いかけると、辛《つら》そうな顔をして首を横に振った。

「村には、畑を維持できる人手がいなくなってしまいましてのう」

と案内人は疲れ切った掠《かす》れた声で答えた。

「人手が……。まさか、ここにいる八人しか村にはいないってわけではないですよね？」

私は、改めて両手を縄で縛られた八人のご老人たちを見て言った。

そう、彼らは、先ほど道で山賊行為を働こうとしていた爺様方である。

農具を掲げて金目のものをよこせって言ってきたけれど、アランと私で無力化し、縄で縛りました。

そして事情を聞こうと思って彼らの村まで案内させたわけである。

「わしら以外にも、村には人はおります。じゃが、誰もがただの老ぼれよ。これでわかったじゃろうて。……こんな辺鄙《へんぴ》な村に来たってなにもありゃあせん。何もないから……襲ったんじゃゃ」

と、ちょっと悔しげに答えるお爺さんの声を聞いていると、荒れた畑の方から小さな影が見えた。子供だ。

子供が、訝《いぶか》しげな顔をしてこちらを見ながら近づいて来てる。

それにしても、この子、すごく痩《や》せてる……。

思わずガリガリ村（初期）の様子が脳裏に浮かぶ。

「こ、こら！　だめじゃないか、家の中におりなさい！」

縄で縛られたお爺《じい》さんの一人が慌てた様子でそう言った。

八人の中では、比較的若そうなお爺さんだった。この子は、お爺さんのお孫さんかな。

「じいちゃん、だって……」

子供はそう言って、私とアランを睨《にら》みつける。

あー、なんと説明したものか。

「も、申し訳ありません。孫は、この子は、何も知らぬのです！　わしらが行ったことはわしらの責任！　何でもしますから、この子だけはぁあ!!」

そう言って、お爺さんは、膝をついて懇願し始めた。

子供は驚いた眼差《まなざ》しでお爺さんを見る。

お爺さん山賊は地面に何度も額を打ちつけ始めて、私は慌てて止めた。

「お、落ち着いてください！　別に私はとって食おうってわけじゃなくて……」

と説明してるんだけど、このお爺さんの動きは止まらない。

「じいちゃん、どうしたの？　……この人たちは？」

今にも泣きそうな子供の言葉。

爺ちゃんたちが何も言わないので、焦《じ》れたように改めて口を開く。

「何があったのじいちゃん？　ごはんもらいに、町に行くって言ってたのに、どうしてすぐ戻ってきたの？」

つぶらな瞳に困惑の色を浮かべる子供。お爺ちゃん山賊ご一行は、幼い子供に山賊しに行くとは言えず、適当に嘘《うそ》をついて私たちを襲ってたのか。

純粋な子供の眼差しと問いに自ら恥じ入ったのか、何も言えず口をつぐむご老人方。

なにも言えねえ、って感じで気まずそうに俯《うつむ》く。

どうしたものか……。

幼子は幼子で、爺さん方が何も答えてくれないことに戸惑っている様子だったけれど、ややあってから私とアランをまたまた睨みつけた。

「お前たちが、じいちゃんたちに何かやったんだな！　じいちゃんに何をしたんだああ！」

そう叫んで、私に体当たりしようと駆けだして……。

「やめろ」

と言ってアランが子供の後ろ襟《えり》を掴《つか》んで持ち上げた。

「はなせえ！　はなせえ!!」

と両手をジタバタさせる子供。

「はわわわわわ！　孫だけはどうか！　孫だけはぁあああ！」

と言って、泣いて縋《すが》り付く爺《じい》ちゃん。周りの他の爺様から、「ひぇー」「こわやこわや」「お許しをぉ」などの声が聞こえてくる。

意図せず修羅場。私は気が遠くなりそうになった。

最近アランとの二人旅だったから忘れてたけれど、他人とコミュニケーションとるのって難しいね!?

「なんなんだお前ら！　じいちゃんたちは、ごはんをもらいに行っただけなのに！」

子供の純粋すぎる一言は、周りのご老人たちにクリティカルヒット。後ろ暗い部分がある老人たちは、胸に何か打たれたかのようにうっと言って苦しそうな顔をした。

それに、私もなんだかやるせない気分になった。

こんな子供をだまして山賊行為に走ったご老人方に対する怒りのような感情も。

私は腕を組んで、めちゃくちゃ怒ってますけどという態度で爺さん方を睥睨《へいげい》する。

「貴方たち、ここに正座で座りなさい」

怒りを殺しながら、でも殺しきれない何かを発しつつ私がそう言うと、ご老人たちは「ひえ」とか言いつつ大人しく、地面に正座した。

「貴方たちは、子供に説明できないような行いをしようとした、ということで間違いないですか？」

私の言葉に、爺さん方は目を見開いて動揺をあらわすと、深刻そうに項垂《うなだ》れた。

この村の様子、そしてガリガリな子供の手足。それを見ただけでわかる。ここの生活は楽じゃないのだろう。でも、だからって、誰かから奪っていいというわけじゃない。

今回狙われたのが、戦い慣れしている私とアランだったから良かったけれど、弱っている人だったら？　そのまま略奪行為をしたの？　それに、逆に強い人と当たったら？　返り討ちにあってこの爺様方は命を奪われていたかもしれない。

「こんな子供に言えないような道理に反することをして、恥ずかしくないのですか？」

私の言葉に、ご老人方はただただ項垂れるばかり。子供は、ポカンとした顔をしている。

でもなんか、口が止まらない。だってなんか、昔のこと、アレク親分たちのこと思い出しちゃって……。

「そんなこと言われても……そうしなきゃ、わしらの可愛い孫たちだって死んじまう……！」

「だからって誰かから奪っていいわけじゃない。それに何よりあなた方は覚悟がない。あんなヘロヘロな状態で、本当に略奪ができると思ったんですか？　弱い者のために立ち上がる、弱きを助けて強きを挫《くじ》く、そんな義侠心《ぎきょうしん》を持つのはいい。でも、勝算のない戦いに身を投じるのは、義侠心とかじゃなくてただの無謀な愚か者です。残された子供がどんな思いを抱くか……ただ責任から逃げようとしているだけにしか見えない」

親分たちを知っているからこそ、私はなんの覚悟もない、中途半端な賊は大嫌い。

「お、お嬢……」

老人の一人が何故《なぜ》か、私のことをそう呼んだ。

何でそう呼んだの？

ていうか、私もちょっと語りすぎた。思わず気持ちがぶわーっと盛り上がって……と思っていたら。

「こら、お前たち、何をしとるか！」

この混乱に満ちた修羅場に鋭い怒声が響いた。

顔を向けると、杖《つえ》を持ち、腰を曲げてはいるものの、ものすごく堂々とした雰囲気を放つ婆《ばあ》様がいた。

「そ、村長！　あ、あのこれは……」

と、あたふたし始める爺《じい》様八人衆。あの貫禄、やはり村長的な人だったか。

さてさて、なんて言うべきか……と考えていると、婆様は私の足先から頭のてっぺんまで値踏みするように見てから、鼻を鳴らした。

「ふん。どうやらうちの村の男どもが迷惑かけたみたいだね。いいよ、茶の一杯ぐらいなら振る舞ってやる」

そう言って婆様は、背を向けて歩いて行った。ついてこいとその小さいのに妙に迫力のある背中が語っている。

流石《さすが》、婆様。何も言わずとも、色々理解したらしい。

私はアランと目配せし、婆様について行くことにした。

しばらく歩くと土と藁《わら》でできたようなこぢんまりとした家に案内された。

床には薄い絨毯《じゅうたん》が敷かれ、土を固めたような壁はところどころ崩れかけている。

ただ、この村の中では一番大きい家ではあった。

ふと、ガリガリ村を思い出した。なんだか、似てる。どことなく不幸そうな香り漂うところが特に。

「すまないねえ。村のやつらが、迷惑かけたんだろ？　とりあえず、ここに座りな」

婆様はそう言うと、薄い座布団を床に敷いてどっこいしょとばかりに座った。私とアラン用と思《おぼ》しき座布団も敷いてくれたので、私たちもお言葉に甘えて座らせてもらう。

「略奪のことは、ご存じで？」

「ああ、まあね。村の男どもが裏でこそこそ相談してたのは知っていた。本当に行動に移すとは思わなかったけどね。止められずに悪かったよ。それにあんなしょうもないやつらだけど、生かしといてくれて感謝するよ」

　そう言いながら、お椀に飲み物を注いでくれた。

　温かい。ほんのり茶色に色づいた液体からは、うっすらとドクダミのような香りがする。一口飲んでみた。野草茶のようだけれど、とても薄い味わい。

「悪いね。こんなもんしか出せないんだ。不作が続いてね」

「それはいいのですが、その……差し出がましいことだとは思ってはいるのですが、今、この村、なんだか大変なことになっていませんか？」

　恐る恐る切り出すと、野草茶を飲み干してかーっと息を吐き出した老婆の鋭い眼光が私に向けられた。

「大変なんてもんじゃないよ。ここ最近の不作に加え、若いやつらはみんな領主にとられるしね。今この村は、子供と年寄りしかいないよ。……体力的にも、精神的にも限界さ。だからあいつらはお前さん方に愚行を働いたのさ。このまま飢え死にするぐらいならってね」

　そこまで一気に憎々しげに吐き出すと、ガンと憎しみを込めるかのように飲み干した杯を床に置いた。

　なるほど。やっぱり貧困で生活に窮しての略奪行為。もちろん、だからって略奪行為を肯定するわけじゃない。でも、気持ちはわからなくはない。

なんだか、親分たちが面倒見ていた村々のこと思い出しちゃうな……。

「だからこの村にいても良いことないよ。なんで、あいつらを生かしてくれたのかわからないが、これ以上関わっても損するだけさ。わしらを騙《だま》したところで、なんの得にもならないよ。まあ、畑にはそのまま放置されて硬くなった豆が少しはあるかねえ。色も悪くなって、もう使えそうもないやつさ」

諦めたような口調でそう言うと、お椀に再び薬草茶を注ぐ。

何もかも諦めたような口調。私たちをここに連れてきたのは、迷惑をかけたお詫びってだけじゃなくて、多分牽制《けんせい》というか、忠告するため。

この村に何か悪いことをしようと思っても何も得られないよって、そう言いたいのだろう。

「若い人が領主にとられるって、どういうことだ？」

アランが真剣な顔でそう尋ねる。

「不作が続いた年に、課せられた分の年貢を納められなくてね。代わりに若い男に労役が課せられたのさ。若い男どもは皆、労働力として領主邸のある町に行っちまったよ」

「若い女性の姿も見えないようですが……」

私が尋ねると、婆様《ばあ》は眉間《みけん》に皺《しわ》を寄せて床を睨《にら》みつけた。

「不作が続いたってことは、年貢とは別にわしらの食糧もないってことさ。だから、自分らの食い扶持《ぶち》だけでも確保しようとして、村から少し離れたところに隠れて畑を作ってた。そこで収穫したものを食って凌《しの》いでたんだが、領主の手の者にバレてね。罰として、村の女たちは領主の屋敷の使用人として持ってかれたよ。そうしたらまともに畑も耕せなくなってね……この有様さ」

「今はどうやって暮らしているんですか？」

「山菜を採ったり、あとはたまに罠《わな》にかかった兎《うさぎ》や猪《いのしし》なんかを獲って食べてるよ。だけど、肉が手に入るのは本当にたまにさ。ここは魔障境界地に近いからね。獣どもはその奥に住んでいて、あまりここいらには来ないんだ。そのおかげで畑に獣害がなくて、以前は良かったんだがね。今となっちゃあ困りものだ」

「魔障境界地というのは、この先にある断崖のことですか？」

『魔の森』の境にある結界がどうなっているかと思って見てきた岩壁を思い出しながら尋ねると、婆様は不思議そうな顔をした。

「変なこと聞くね。当たり前だろう。他に魔障境界地なんてものがどこにあるってんだ」

カスタール王国では『魔の森』と言われていたけれど、ベイメール王国では『魔障境界地』と呼ばれているのか。まあ、今日見たあの感じだと、確かに森っていうより境界線って感じだったもんね。

「ほら、そろそろわかっただろう？　なんの目的があるのか知らないが、こんな辺鄙《へんぴ》なところにいつまでいたって何も良いことないよ。もうだめさ。このガリンガリン村は」

婆《ばあ》様の疲れ果てたような声。

っていうか、ちょっと待って。

「こ、この村、ガ、ガリンガリン村って、いうんですか!?」

思わず、声が上ずった。いやだって、ガリンガリン村って、ガリガリ村をちょっと力強く言っただけの村名じゃん！　そんな偶然ある!?

「ん？　そうだよ。それがどうしたんだい？」

婆様が、不思議そうな顔をする。

ええ、だって、ガリンガリン村。もうさ、ますますほっとけないんだけど……！

私はちらりとアランを見た。アランも私を見ていた。

私がここに残りたいって言ったら、アラン、どう思うだろう。

さっきまで二人旅で、きらきらした目で次どこに行こうとか考えてて、それなのに私の気分でこんなところに足止めするってことになったら、流石《さすが》のアランもムッとしたりするのでは……。

しばらく見つめ合っていると、アランの口が開いた。

「流石に、一緒に住むのはまだ早い、よな？」

え？　何？　一緒に住む？　早い？　なんの話？

私が訝《いぶか》しげな顔をしたからか、アランが焦ったようにして首を振った。

「い、いや、違うんだ！　深い意味はなくて！　いや、深い意味がないっていうのもなんか違うけど、でも、なんていうか、その、悪い……ちょっと性急すぎたな」

となんかバツの悪そうな顔をした。

待って？　なんの話？　なんの話してるの、アランさん？

「あんた突然、何を言っとるんだ？」

アランの話についていけてないのは、どうやら私だけじゃないらしい。

婆《ばあ》様も、変な人を見るような目でアランを見た。

「ああ、いや、このまましばらくこの村に住もうと思ってるんだ。ここまで来る時に、空き家のような小屋を何軒か見たが、そこを借りてもいいか？」

なんかアランがどんどん話を進めているんだが。この村に住むつもりってこと？

「はあ？　ここに住む？　あんた正気か？　なんもないって言ってるだろう」

戸惑う私が何も言えずにいると婆様が驚きを言葉にしてくれる。

「そっちとしては良い話のはずだ。労働力が足りないんだろう？」

「それはそうだが……」

と婆様が戸惑うようにして私を見てきた。戸惑う二人の視線が交じり合う。

私は意を決してアランを見上げた。

「アラン、この村に住むの？」

戸惑いの私の視線に気づいたアランが、ハッとして目を見開いた。

「え!?　違うのか!?　てっきりリョウのことだから、全部丸ごと面倒見るつもりでいるんだと思った」

私は思わず目をパチクリと何度も瞬かせた。

違うことない。アランの言う通りだよ。この村、なんだかほっとけなくてしばらく一緒に過ごして様子を見たいと思っていました。

「なんで、わかったんですか？　私が、そんなふうに思ってること」

「そりゃ、わかるだろ。俺が今までどれだけリョウと一緒にいて、リョウのこと見てると思ってるんだ」

なんてことないような顔で、さも当然みたいな口調でそんなことをのたまうアラン。

やばい、なんかめっちゃキュンとする……。

だって、なんか、言葉の端々、真剣な眼差《まなざ》し一つ一つから、愛が伝わってくるっていうか……！

それとも、アランって昔からこんなふうにまっすぐだったっけ？　私が、自分の気持ちを自覚したから、これほどの破壊力を感じているのか!?

「ははん。あんたら、駆け落ちでもしてきたんだね？　それで新しい住処《すみか》を探してる。そういうことだろう？」

嬉《うれ》し恥ずかしくて体がホットになっているところで、婆様《ばあ》からなんだか腑《ふ》に落ちたという感じの声色が聞こえてきた。

視線を向けると、婆様は何度も縦に首を振っている。

「愛のための逃避行か。若いねえ」

「あ、いえ、駆け落ちってわけでは……」

と私は否定しようとしたけれど、確かによくよく考えたら駆け落ちみたいなものかもしれない。

「ああ、いいよいいよ、詳しい話はしなくて。若者はそうでなくちゃならねえや。そういうことなら、この村においてやってもいいよ。空き家もある。もちろん、それなりの礼として、力仕事をお願いするからね」

初《しょ》っ端《ぱな》からずっと疑うような眼差《まなざ》しだった婆様がここにきてやっと温かな眼差しになり、あっさりと寂れた村の移住権を得たのだった。

◆

村に住むことを許された私とアランは、早速新たな住まいとなる空き家に向かった。

木で組み立てられた平屋というか、小屋みたいな感じの建物。木材の間の隙間に土を詰めている。屋根は藁《わら》のような乾燥した植物でできていた。

「うわぁ、想像以上に傷んでる……」

内側の土壁がところどころ崩れているのを見て、思わずため息に似た言葉が漏れる。

「魔法で直せるけど、どうする？」

一緒に家の様子を見にきたアランがそう提案してくれたけれど、私は首を横に振った。

「流石《さすが》にいきなり壁が綺麗《きれい》になったら、不自然だと思う。魔法はこの国では異質だし、あんまり使わないでいきたい」

「ん、わかった。だが、流石に少し手入れをしないと……」

藁の束を布で包んだ何かを見て、アランが苦い顔をする。

ベッドっぽいけど、埃《ほこり》やら砂やらで汚れていて、正直ここで寝たいとは思えない。

「まずは洗濯、掃除ってところですかね。どれくらいここに住むのかわからないけれど、居心地のいい場所にしたいですし」

今日はまだ昼前。暗くなる前には終わらせたい。石鹸《せっけん》を使えば、これぐらいの汚れならささっと取れそうだし。

あとは食料か……。まだ干し肉とか乾き物が少しあるけど、心許《こころもと》ないし。それにこの村の人たちのガリガリ具合を見るに、少しでも早く調達した方が良さそうだ。ガリガリ村出身者として腕が鳴る。

私は藁《わら》ベッドのシーツを引き抜きながら本日の段取りを組み立てていると、後ろから抱きしめられた。アランに。

ちょっとびっくりしたけれど、これぐらいのスキンシップは最近慣れつつある。私は顔だけ軽く振り返った。

「アランの家は、また別のところですよね？　今から行きます？　もちろんシーツとか洗い物があれば私が一緒に洗いますよ」

私はアランと一緒の家でも良かったのだけど、アランの強い主張で結局別々になった。今まで、宿に泊まる時は確かに二部屋とってはいたけれど、野宿の時は近くで寝てたし、一緒の部屋でも構わないんだけど。

「うん……」

なんか元気のない返事が返ってきた。

「どうかしたんですか？」

「……一緒にいたくなってきた」

私の肩におでこを乗せて、アランが甘えるように言ってきた。

え、やだ、かわいい。

私は腕を上げて肩に寄りかかるアランの頭を撫《な》でた。

黒のストレートの髪は、数日間の野宿生活でも荒れることなく、トゥルトゥルだ。

「でも、アランから別々の方がいいって言ったんですよ？」

「わかってるけど……」

アランはため息をつくと、のそっと僅《わず》かに顔を上げる。なんだか恨みがましい目つきのアランと目が合った。

え、な、何？

「リョウは俺と一緒じゃなくても平気なのか？」

「いや、私は一緒でもいいって言ったのに、アランから断ってきた気がするんですが？」

「それは……っ！　そうだけど……っ！　だって、流石《さすが》に、同じ室内で一緒に寝るのはまずいだろ」

「え？　でも、野宿の時と同じ感じじゃないですか？」

「全然、違う！　野宿は、必要以上に開放的だけど、部屋ってなったら、だって、俺たち密室で、二人しかいない空間になるってことだぞ⁉」

「う、うん。そうですね？」

だからなんだというのだろうか。いまいち要領が掴《つか》めないんだが。

私がおそらく何もわからんって顔していたのだろう。アランが、私の顔を見てむすっとした。

「リョウは、俺がどれだけリョウのこと好きなのかってこと、何もわかってない！」

ちょっと怒ってるような口調でアランがそう言うと、彼の顔がすぐ近くにまで来た。

え？　これって……。

「ん……！」
キ、キスだ……！　いや別に初めてじゃないし、バックハグには慣れてきた私だけども、キスは流石《さすが》にまだ慣れてきたとは言い難い。だって、キスだもの！　し、しかもいつもよりもなんか……荒々しい……！
え、ちょ、どうしたのアラン？　そんなムードでも何でもなかったじゃん!?　それにそれに、アランはいつもキスする時、『キスしていいか』って大体は聞いてくるタイプだったじゃん!?

こんな強引にキスされるのが初めてで、思わず一歩後退《あとずさ》り。けれども、それ以上下がることは許さんとばかりにアランが私の腰を抱いた。

ちょ、ちょっと待ってちょっと待って、なんかエロい！　アランの手つきがなんかエロい！

脳内が大混乱していると、私の心の中で憤怒を担当している悪魔がにょきっと顔を出してきた。

私の中の憤怒の悪魔が『突然、レディにこんな強引にキスするなんて怒るべき』と訴える。

確かに、と思えてきたところで、強欲担当の別の悪魔が顔を出す。強欲担当は『でもさ、ちょっと強引なアランも良くない？』と、強引さに寛容を示し始めると、私の傲慢《ごうまん》担当の悪魔が深く頷《うなず》いた。

『そうね。どうせリョウは俺のキスを嫌がらないってつけあがってる、そんな尊大な態度のアラン。嫌いじゃない』

傲慢担当の悪魔の囁《ささや》き声に私も思わずうんうんと頷く。

確かに、悪くない。いや、むしろ好きかもしれない。

『けれどこのままなされるがまま時間を無為に過ごせば、今日の予定が崩れますよ？　洗濯に掃除に、食料調達。そして何より睡眠。やることやって私早く寝たい』

怠惰担当悪魔までもが怠惰さを押してまで意見を言ってきた。

確かにー！　怠惰担当悪魔、めちゃくちゃ真っ当なこと言うじゃん！　悪魔のくせに！

『お腹《なか》すいたなぁ。干し肉食べてもいい？』

私の中の暴食担当の悪魔のせいで、実はお腹が空いていることをじわじわと思い出してきた。野宿生活では食料が貴重だからね……。

『ていうかさ、前から思ってたんだけど、アランさ、ちょっとキスとかし慣れてない？　うますぎると思うんだよね！　絶対、アラン、私以外のやつともしたことあるよ！』

私の中の悪魔たちの中で最も存在感の大きい嫉妬担当悪魔までもが声を荒らげ始める。憤怒、強欲、傲慢、暴食、怠惰、嫉妬の六大悪魔が私の心の中で好き放題議論し合い始めて、私はさらに混乱の渦に飲み込まれた。

どうしよう、どうしよう。私、これからどうすれば……!?

私が救いを求めて心の中で右往左往していると、一筋の光が見えてきた。その光の元に、誰かいる。赤子の姿だ。まさか、天使？

その天使のような光り輝く赤子が振り返った。

『ていうかさ、やりたいんでしょ？　やっちゃいなよ。興味あるくせに』

あー!!　天使なんかじゃない！　悪魔だ！　色欲の悪魔だー！　生まれたばかりの色欲の悪魔だー！

やっちゃいなよって、それってつまり、エッチな話ってこと!?　待って待って、そんなだって、まだ心の準備が……！

色欲の悪魔に唆《そそのか》された私は、これから先のことを考えて、思わず……腰が抜けた。

「え、わ……！　だ、大丈夫か、リョウ!?」

キスの途中で突然、力なく座り込もうとする私をアランが慌てて支えてくれた。

は、恥ずかしい！　頭が混乱しすぎて、なんか脳内悪魔とか出てくるし！　私の脳内、どうなってるの!?　悪魔ばかりで天使が一人もいなかったんだけど!?

「ご、ごめん、アラン……その、びっくりして……」

泣きそうな声でそう言う。もう見栄とか張る余裕すらない。だって、初めてなんだもの。こんなことするのも、こんな気持ちになるのも……。

「ごめん、リョウ、俺のせいだ。俺の……余裕がなくて……」

アランは申し訳なさそうにそう言って、私を椅子の上に座らせてくれた。

いや、余裕がないのは私の方だよ。だって、アラン、脳内に悪魔が七人も出てきたことある？　ないでしょ？

「……俺、ちょっと、頭冷やしてくる。ついでに、シーツも洗っておくよ。石鹸《せっけん》も借りる」

アランはそう言うと、カバンから石鹸をとって、私が藁《わら》から剥《は》がしたシーツと一緒に外に出ていった。

アランの背中を見送ってから、私は真っ赤な顔を両手で隠して、はあああああと重いため息をついた。

一緒の家に住むことにしなくて、良かった……。

だって、こんなドキドキしてたら私の身が持たない。

アランが、別々の家で暮らした方がいいと言い始めたのも、きっとこれが理由、だよね？　一緒に住むってなって、四六時中同じ部屋にいることになったら……きっと私たち、我慢できなくなる。密室ってすごいよ。野宿とかもさ、確かに人は見てないけど、やっぱり、なんか違うよ。

察しの悪い私でごめん。

転章Ⅰ　徴税役人のガリンガリン村視察

私はしがない徴税役人だ。今日は辺境のガリンガリン村とかいう寂れた場所に、どれぐらい徴税できそうか確認しにきた。

この村は、課された税を満足に納められなかった上に、愚かにも以前隠れて畑を作っていやがった。そのため、若者を労役に取られて寂れた村。

働き手のいないこんな村じゃ、畑もきっと荒れ果てていることだろうとわかってはいたが……。

「ひどい、ひどすぎる……。ほとんどの畑が荒れ放題ではないか！」

思わず吠《ほ》えた。

ほとんど手入れしていないとわかる。種を蒔《ま》いたかさえ怪しい。どこもかしこも、スッカスカで、たまに緑が見えると思ったら雑草だ。

「それに！　この豆！　収穫をせんから、干からびて色も茶色くなって固くなっとる！」

畑の中で枯れ枝のようになっていた植物から、茶色の豆が出てきた。これはもともと緑色をした豆だ。それが放っておくから、こんなに干からびて色も悪くなっている。

「しょんなこと言われましてもねえ、もう畑を耕す元気のある若者はいましぇんからねえ。雑草もぼうぼうですわぁ」

弱ったような口調のはずなのに、どこか太々《ふてぶて》しい態度でこの村の長である老婆が言った。

まあ、その言いたいことはわかる。私だって、若者をとられてきっと寂れただろうなと思ってここに来た。だがな、おかしいことがある。

畑も耕せないという割には、この老婆、肥えてないか!?

以前、隠れて畑を作っていた時よりも、明らかに体に丸みがある。以前はもっと細くやつれていた。

「手が回らないと言うが、お前たち、その間食料はどうしているんだ……!?　明らかに以前より肥えて見えるのだが!?」

そう問い詰めると、老婆が面倒そうに私を見た。

「なーにを言いますやら。毎日毎日お腹《なか》を空かせてまして、肥えるなんてとてもとても……」

「だが肌の艶も前より良いように思うのだが!?」

「はああ、こんなか弱い老婆を捕まえて何を言うやら。大体、何を食べて生きていけるっていうんですかい？　お役人様も見たように、ここには食べられるものなんてなーんもありゃせん」

「とか言って、また隠れて畑でも作っているんじゃないだろうな？」

「しょんなしょんな、めっそうもごじゃいませんて。第一、先ほどお役人様が見回りしても何も見つからなかったでしょうが」

「それはそうだが……」

言葉に詰まった。確かにそれはそうだ。この村に入る前に、念入りに隠し畑がないか周辺を調査させてもらったが、何も見つからなかった。

「もうこの村はだめですなあ。老人だけで畑も満足に耕せねえで……あー、辛《つら》い辛い。今年も年貢をあんまり納められそうにないですなあ……！」

大袈裟《おおげさ》に嘆いて見せる老婆が本当に太々《ふてぶて》しい！

ぐう……。おかしい、これは絶対に、おかしいぞ！

「全然弱っているように見えないが!? やはりどこかに隠れて畑を作っておるだろう!?」

思わずそう噛《か》みついた。すると老婆は顔を険しくさせて睨《にら》みつけてきた。

なんだその顔は、怖いではないか！ 思わずぞくっと背筋が寒くなったではないか！

この老婆の眼力、只者ではない何かを感じる……！

「何を言うと思ったら……ひどいですじゃお役人様は。隠し畑も奪われたわしらが一体何を食うてるというのでしょうねえ。わしらは毎日毎日食うに困る生活で……泥水を啜《すす》ってかろうじて生きとりますじゃ」

それは流石《さすが》に無理があるような気もするが、眼光の割には柔らかい言葉が返ってきてちょっぴり安堵《あんど》した。

ふん、びびらせおって。そう思った瞬間、老婆の目が据わる。

「それか、この村の泥水が美味《おい》しいって可能性もありますなあ。お役人さんも、わしらと一緒に泥水啜って確かめますかい？」

カーッと老婆の目が見開かれた。こちらを睨みつけすぎてほとんど白目。

声も低くて迫力がすごい。泥水啜りたくない。というかいきなりそんな怖い声出さなくてもよくないだろうか⁉

そう思って、老婆の後ろを見た時、ハッとした。

村のやつらがずらりと並んでいた。しわだらけの顔に、目だけを異様にギラギラさせてこちらを睨み据えている。どれもこれもか弱き年寄りのはずなのにものすごい眼力で……

思わず震えあがった。

なんなんだこれは、一体。一体この村はどうなってしまったのだ……。

思わず一歩後退《あとずさ》る。旅のお供として護衛の兵士を二人連れてはいるが、何故《なぜ》かこのお年寄りたちに勝てる気がしない。

なんなのだ、これは一体……なんなのだ！

「ふ、ふ、ふ、ふ、冬の前には、ちゃんと納められるようにしておくように！　わかったな！　また見にくるからな！」

震えそうになるのをどうにか抑えて、捨て台詞《ぜりふ》を吐いた私は、逃げるようにその村を飛びだしたのだった。

第六十四章　極道村のお嬢編　先に進む二人

寂れた農村に暮らし始めて、二ヶ月程が過ぎた。

劇的な変化はないが、私とアランが狩りを行うことで、動物性の食物の確保が進み、以前よりは余裕のある暮らしになりつつある。

そして、本日は、領主から派遣されるお役人さんが村の様子を見にくる日。彼らは定期的に村の様子を見ては、どれぐらい作物を納められそうか確認したり、隠れて畑なんて作ってないかを探るのだ。

そして、無事に特に問題なく役人さんは帰っていった。良かった良かった。

「お疲れ様っした……！」

「これぐれえ構わんよ。それよりも、またあの白いブツをくれるかい？　あいつらの相手してたら、あたしゃあもうあれが欲しくなってしょうがなくてねえ」

役人対応を終えて戻ってきた婆《ばあ》様を村の人たちが労《ねぎら》うと、婆様はとある『ブツ』を要求した。

白いブツって言うと語弊があるような……。

「へへ、今用意します。少々お待ちくだせえ」

村人がそう言って、半透明の白い野菜がもりもりに盛られた皿を婆様《ばあ》に渡した。ブツを前にして婆様がニヤリと笑う。

「この艶々した輝き、いつ見ても最高だねえ。おっと、食べる前に、お嬢と坊に挨拶せんとな……」

婆様はそう言って、他の村人と一緒になって婆様を囲むようにして座っていた私とアランを見た。

「お嬢と坊、いつも感謝しとります。ありがたく、この白いブツ、頂かせていただきやす」

「あ、はい、どうぞ」

『お嬢』と『坊』というのは、私とアランのこと。この村に暮らしてしばらくして、いつの間にか私とアランはそう呼ばれるようになったのだ。

「それにしても無事にやり過ごせたみたいで良かったですね！」

私も笑顔で婆様を労《ねぎら》う。

なんかめっちゃ疑わしげな顔してたけどね！

なにせ、貧困に苦しんでるはずの村の人たちが思いの外《ほか》に元気だもんね。でも凌《しの》げたならいい。

「へえ、これもお嬢と坊のおかげですじゃ！　お嬢がご指導くださった通りちょっと睨《にら》み利かせてやったら、あのお役人、目ぇ泳がせてましたわ」

そう言って、上機嫌で笑う爺《じい》さん方。

「はは、ご苦労様です。それより、年貢の方はなんと？」

「生きてる畑の五割。生きてる畑と認定された場所はごくわずかだったんで、なんとかなりそうですじゃ」

婆様が、自慢げにそう答える。

この国の年貢制度は、村で育てた作物の現物を納めるやり方だ。納める年貢量は、畑の面積から算出してる。畑の面積から、収穫量を計算し、その五割を年貢として納める決まりだ。

ということで、ほとんどの畑を破棄したこの村の来年度の納める分は今までよりも少なくすんだ。なにせ、この村が抱えている畑はほとんどないからね。

しかし畑がないとなると、当然、村人の分の作物もなくなる。のだけれど、我々には、秘密兵器があった。

その名も……。

「お嬢が教えてくれた、このモヤシってやつは最高じゃ。こうやって、家の中で隠しながら食べ物が育てられるんじゃからのう」

「お役人のやつら、なーんも気づかずに帰っとった」

そう、庶民の味方、モヤシ。モヤシは全《すべ》てを救う。

一生懸命畑を育てたって、そのほとんどが税にとられると思うとやる気も出ない。でも、育てないと自分たちの食い扶持《ぶち》すらも得られない。

この問題を華麗に解決するのが、モヤシ栽培だ。

この村が、食料に窮して隠し畑を育てたことは、確かに悪いことではあるのだけれど、正直悪くない発想だと思った。でも問題は、外で育てると見つかってしまう危険性があること。

実際、この村は隠れて畑を作っているところを発見されて若者をとられた。

ならば、絶対に見つからない隠し畑を作ればいい。

そうして私が提供したのは、家の床下で作るモヤシ栽培。

必要なのは、豆と水。光はいらないので、床下で十分育つし、育ちが早い。

豆は、私がカスタール王国から持ち込んだものと、荒れ果てた畑で放置されていた豆を使わせてもらった。

こちらの国では豆科の植物はだいたい雑草扱いされているらしい。大豆をはじめ、お豆は色々便利なのに。

ただ、カスタール王国も、私が大豆栽培を始める前はやっぱり雑草扱いだったので、こんなものかもしれない。

ちなみに今はモヤシだけでなく、山で野生のエンドウ豆的なものも見つけてきたので豆《とう》苗《みょう》栽培にも挑戦中。

こちらも育ちが早く、しかも収穫後も何回かまた育つ。ありがたい。

「しばらくはこれで凌《しの》げるな」

村人の誰かが嬉《うれ》しそうにそう言った。

そうだね。確かに、凌げる。でも凌げるけれど、凌げるだけ。

若者がいなくなったこの村で、しばらくは生きていける。でも何の発展もないし、未来もない。

若者を取り返さないと。

「そもそも、この年貢の取り方は酷《ひど》すぎます。畑面積から想定される収穫量の五割なんて……」

実際に、育てたとして、天候や虫害、獣害などなど、様々なことで想定した収穫量に満たないことなんてざらだ。

けれど、実際の収穫量を顧みることなく、畑面積から事前に年貢を決めているので、考慮してくれない。

実際のところ、収穫量の八割ぐらいは年貢と思った方が正確だろう。

今思うと、カスタール王国は優しかった。

強い魔法使いは弱い非魔法使いを守らねばならない。その理念のもとに成立していた国だったのもあって、無理に税を取らなかった。

自分たちの地位の安泰のために平民たちを無能に仕立てていたという傲慢《ごうまん》すぎる側面があったのは認めるけど、実際、魔素が豊富にあった時代はうまく回っていたのだから。

「以前は、三割ぐらいですんでたんだがねえ……」

婆《ばあ》様がそう言って遠い目をした。

「王位継承争いですか……」

急激に税率が上がったのは、今、ベイメール王国をにぎわす王位継承戦争のためらしいと以前に聞いた。

ベイメール王国は、近々王位継承戦なるものが始まるらしい。王の七人の子が候補者で、その中から誰か一人が王位につく。そのために、水面下で色々と争っている時期なのだとかなんとか。こわい。

この王位継承戦争的なところも、カスタール王国との違いだ。かの国は、魔力こそ正義！な信念のもと、魔力の強い魔法使いが王位につくからね。基本的に争いはない。

ただ、まあ、そのせいで、本来王としての器ではない人が王位についたりはしちゃうんだけど……。

「確か、この地域の領主様は第二王女に肩入れしているんですよね？」

「そうらしいねえ。たいそう貢《みつ》いでるとかね。……村の娘たちも、その第二王女への貢物なんじゃないかって言われてるよ……」

許せねえ。私の心の中のヤンキーのリーゼントが反《そ》り上がった。

この世の理不尽の全《すべ》てを、窓ガラスをバットで割るみたいに壊してしまいたい。

とはいえ、一介の旅人である私に何ができるのだろう。

今の私は、無力だ。カスタール王国にいた時とは違う。

あの時は、ウ・ヨーリ教とか、約束された勝利の女神とか、自分に不相応な肩書きから逃げたくてたまらなかった。

けれど何も肩書きがなくなった自分は、こんなにも無力なのだ。

でも、どうにかしたい。このまま村に若者がいないままはダメだ。未来がないし、何より……両親をとられた形の子供たちが何よりも可哀想。

村からは親世代がごっそりいなくなっている。まだまだ親に甘えたい盛りの子供たちを残して。こんな理不尽、許したくない。

「私、そろそろ戻ります」

今後のことを考えるためにそう言ってその場を立つと、アランも「俺も行く」と言って立ち上がった。

「今日はみなさん、徴税役人の対応、お疲れ様でした！」

労《ねぎら》いの言葉を言うと、村人たちまで立ち上がり、私とアランの帰宅のためか、出口まで列で並び始める。

「お嬢、坊、あざっしたぁああ！」

そう言って、直角で礼の体勢をとる村の人たちが作る道を通って、アランと私は自分たちの家に向かった。村の人たちは、私とアランが帰る時、いつもこうやって盛大に送り出してくれるのだ。

みんな良い人たちである。

そうしてすぐに私の家についた。最初、ボロボロだった我が家ですが、今では自分たちに住みやすいように色々改造し、いい感じになった。

私は、木製の簡易的な椅子を二つ用意してアランと座る。ちょっとアランと相談したいことがあったもので。

「それで、話ってなんだ？」

「これからのことです。このまま若者を取られたままでは、ガリンガリン村に未来はないですから。まずは領主の屋敷に取られた村の人たちの現状を確認したいです」

「じゃあ、領主の屋敷がある町まで行くんだな。付き合うよ」

アランが軽やかに私のお願いを聞いてくれて、嬉《うれ》しくなった。でも、不安もある。

「領主の屋敷に行って、何ができるか実はちょっと不安で……。今の私にはこの国での伝《つ》手《て》が何もない。この村に対しても何もできてないような気がして……」

「いや、リョウはよくやってるよ。本当に」

「この村を少しは変えたいと思って、自分なりに頑張ってはきたけれど、ちゃんと変わってきたかもわからなくて」

「いや、それは自信持っていい。この村、すごい変わったよ」

「え？　そうですかね？」

「うん。なんかもう、見るからに変わった。村人の口調とか、生活態度の変化がすごいだろ。リョウ、気づいてないのか？」

アランにそう力説されて、私は目を瞬いた。

生活態度の変化……？

「え？　そんな、変化ありましたっけ……？」

「あるよ」

アランの言葉を聞いて、私はここまでの道のりを思い返すことにした。

村人たちの力になれたらと思って、モヤシ栽培を始めたんだけど、初めはみんな警戒してた。

一度隠れて畑を作ることに失敗して、大切な人たちを失った村人たちの傷は深かったのだ。すっかり怯《おび》え切っていた。

突然やってきたよそ者の私の言葉なんか耳に入らない。

彼らに必要なのは何か。お腹いっぱい食べられるご飯？　もちろんそれもそう。だけど、それよりもまず、強い気持ちが必要だと思った。奪われることに慣れ切って、何もできないでいるその心に活力を与えようと思った。

だいたいにして、私とのファーストコンタクトである山賊行為。全然なってなかった。生粋の山賊、山賊の中の山賊である親分に育てられた私だからこそ思うのだ。

あんな、なんも覚悟のない山賊行為があるかと。あんな明らかな悪に手を染めるっていうのなら、それなりの矜持《きょうじ》というものを持って欲しい。

しかもしかも、最初、そのあたりの憤りを私が言葉にしたのもあって、村に住み始めてからご老人たちの間で、『義侠心《ぎきょうしん》』についてもっと話を聞きたいと言われた。

私は嬉《うれ》しくなっちゃって、親分を思い出しながら義侠心とは何か、任侠精神とは。仁義を重んじ、弱きを助け強きを挫《くじ》く心を説いたのだ。

子供を守りたいなら、その気持ちを強く持て。領主が怖くて怯え切ってたら、守れるものも守れない。

そうこうしていると、村人たちがみんな義侠心について熱く語り始めていた。同じ志のもと、村人たちは一致団結。

こうして、国という権力に正面からメンチをキレる精神力を持つ村人たちの集まり、立派な極道村が誕生したのだ。

そう、極道村が……。

え？　極道村……？

私は今までのことを振り返って、頭を抱えた。

私だってね、今まで、なんかおかしいな？　と思うことあったよ。特に私のことを『お嬢』とか呼んだり、アランのこと『坊』って呼んだりしてきたあたりで、違和感やばかった。

でもなんか、村人たちが熱心に私の、親分についての話を聞いてくれて嬉しくなっちゃったし、いっかなって目を瞑《つぶ》って深く考えないようにして……気づいたらこんなことになっていた。

さっき来たお役人、ちょっと怯えてた。わかる、わかるよ。遠巻きで見てる爺《じい》様方が眉間《みけん》にこれでもかってほど皺《しわ》寄せて、ものすっごい眼力で睨《にら》んでくるんだもんね。怖かったよね、ごめん。

「なんで、なんでこんなことになったんだろう……」

違うの。こんなつもりじゃなかったの。

「まあ、食料問題はおかげで良くなったし、ちょっと村人の様子はおかしいが、それはそれで良いんじゃないか？」

アランがあっけらかんと言ってきたけど、良いわけないよ！

どうにかして元の、善良な感じの、極道じゃない感じの村人たちに戻さないと……。多分、今は、色々困り果てて混乱して、なんか周りに流されて変なキャラになってるだけ。どうしよう。どうすれば……。あ、そうだ！

「はやく、若者たちを呼び戻すことができれば……」

若者を村に連れ戻したい。その気持ちがますます増した。

極道に染まり切ってない村人たちを村に投入すれば、今の村人たちも正気を取り戻すはず。そう、村人の分母を増やして、極道成分を薄めるのだ！

となれば、もともとこの村にいたはずの若い人たちさえ戻ってくれれば、解決する。

あとはどうやって若者たちを取り戻すかってことだけど……。

「色々な意味で穏やかな村の生活を取り戻すためにも、早々に、村の若者たちがいるところに様子を見にいった方がいいかもしれないですね」

「それは、そうだな。……村人を戻す方法は、現地についてからまた考えてみよう」

私はうんと頷《うなず》いた。今の私とアランには、この国の領主と対等に話せる肩書きも権力もない。領主様のところに行って、『はーいお話聞かせてくださーい！』なんて言ってやってきたとしても門前払いだろう。

許可なく村人たちを村に連れ戻すという力技もあるけれど、そうなればただ事じゃ済まない。村の存亡をかけた争いになって、村側に勝ち目はない。

もう少し情報が欲しい。この地域の領主が、第二王女の陣営に入っているということなら、第二王女に訴えて圧力をかけてもらえたならば……。

いやいや、それこそ、第二王女なんてなんの接点もないわけで、無理よりの無理だ。

ああ、カスタール王国にいた頃は、正直邪魔かもって思っていた名声や地位が、ここにきてこれほどまでに欲しくなるとは。

とはいえ、嘆《なげ》いていてもしょうがない。今の私とアランは、ただの旅人。でも自由だ。だからこそできることもあるはず。

そうだ、いっそ対抗勢力になる他王子陣営に接触する？　その方が、勝率が高そうだ。

ぶっちゃけ第二王女を支持しているらしいこの地域の領主は、酷《ひど》い。無理を押して課した年貢が払えないからって、若者を取り上げるとか正気とは思えない。そのあたりは領主の、ひいては第二王女の悪名になり得るし、弱みになる。第二王女以外の王族にとっては、良い情報になるのでは……？

不遇な扱いを受けた村人を救い保護した王族がいるとなれば、国民の好感度も上がる。よくわからないけれど、王位継承戦に有利に働くような気もする。

少なくとも、私が継承戦に参加する王子なら、そんな感じで徳を積んで名声を得つつ戦うと思う。

よし決めた。まずは領主のいるところに向かって、村の若者たちの処遇の確認。そして、継承戦争についての情報も集めよう。そこから突破口を狙う。

「そうですね。まずは、情報収集をしましょう。村の若者たちを助けるためには、何よりも情報が足りません。村の若者たちの状況、領主の人となり、そして背後関係。それらを勘案して、決めましょう」

「背後関係か……。なるほどそうだな。今の俺たちが、この問題をどうにかするためには、その辺りをつく他ないな」

私の提案に、アランもなるほどと頷《うなず》いた。

具体的に方法が決まったわけではないけれど、だいたいの方針は決まったかな。

「アラン、良かったらお茶飲みますか？　朝淹《い》れたので冷めてますけど、美味《おい》しいですよ。あと、木の実を砕いて焼いて作ったクッキーもあるんです」

そう言って、私はテーブルにお茶とお菓子を出す。

このクッキー。ちょっと硬いけど、結構美味しい。木の実の灰汁《あく》を取るのがちょっと大変だけど。

「なあ、リョウ、俺たち、恋人になって、結構経《た》ったと思うんだ」

二人でお茶を飲みながらクッキーを食べていると、アランがふとそんなことを言い始めた。

「ん？　そうですね。確かに」

ベイメールに来て、早々に再会して……すでに半年は余裕で経過してる。なんだか、あっという間だったけど。

「だからさ、そろそろ、先に進んでもいいんじゃないかと思うんだ」

あー、先にね……なるほどなるほど……ん？　先に!?

「ンゴフゴフ……!!　先って、それって……!?」

思わずむせた。いやだって、恋人として先に進むって、それってつまり……。

私の心の中の色欲の悪魔が目を覚まし始めた。

だって、先に進むってエッチな話のことでしょー!?

な、な、な、な、なんで突然そんな……!!

いや、確かに恋人になって結構経ったけれども！

でも、アランだって、最初は大きなお城でロマンティックなムードの中で致したい的なドリーム語ってたじゃん!?

それに、正直、避妊の道具もまともに存在しないこの国で致すのは、ちょっとリスクが高すぎる気が……！

それにそれにそれになにより私の心の準備が！

「もういいと思うんだ。俺たちの間に、壁を作りたくないっていうか……」

「いや、でも……」

「リョウは、嫌なのか……？」

「え！？！？！！？」

顔を上げると思いの外《ほか》にアランが近い。

しかもなんか、切なげに見つめられている気がして息が詰まる。

「嫌だなんて……そんなこと……」

嫌なわけじゃない。けれど、それでも心の準備がね!?

「それに、リョウは、気持ちが一杯一杯の時、緩んでる」

ええええ!?　緩む!?　何が!?　なんだろう。緩む……。

あ！　ま、まさか、股が……!?　私の股が受け入れる準備できてます！　みたいな状態になってるってこと!?　え、こわ……！

「な、なんでわかるんですか!?」

「そんなの、聞いてればわかるだろ？」

わかるの……!?　聞いてればわかるって、緩んでる音がするの!?　私の股が緩んでる音が！？！？！？！　ひええ、何これ怖い。

確かに、アランへの気持ちが高まったりすると、こう、気持ちが緩むっていうか、このましてもいいかなって思っちゃう時あるけれど！　キスしてる時とかね!!

『良いじゃん。しちゃいなよ。興味あるんでしょ？』

は！　また生まれたばかりの色欲の悪魔が囁《ささや》きかけてくる！

だめ、だめよ、リョウ。欲に負けないで！

せめて、もっと安心して定住できる地を見つけてからじゃないと……。

「アランの気持ちはわかるし、私も、その……したいけど、今はまだ、その時じゃない、と思う」

「どうしてだ？　リョウがしたいと思うなら、思ってくれるなら、何も怖がることないだろう？　したところで、もう誰も咎《とが》める人はいないし」

いやいやいやいや、怖がることばかりだよ！

だめだ、アランが完全に色欲の悪魔にやられている！

どうしよう、どうにかしてアランを落ち着かせないと。

「ア、アラン！　落ち着いて！　ね!?」

「俺は落ち着いてるよ。それに、今はまだその時じゃないって言ってるけど、今だって緩んでるだろ!?」

「緩んでるの!?」

音がしたの⁉　私の股から⁉　受け入れ準備万端です！　って音したの⁉

「なんでそんな驚くんだ？」

「そ、それは驚くでしょ、だって、え？　緩んでる⁉　私⁉」

「緩んでるだろ、口調が」

まじか、私、緩んでるんだ……ん？　口調？

私はアランとの会話の違和感にやっと気づき始め、今までの会話を振り返る。

「ア、アラン、緩むって……」

「だから、言葉遣いのことだよ。リョウ、俺に対して堅苦しい言葉使う時、あるだろう？　そういうの、もういらないと思うんだ」

アランが、まじめな顔で、諭《さと》すようにそう言った。

……。

ねえ、緩むって、そういうこと⁉　何、先に進みたいって、敬語なしにしようぜ！　ってこと⁉

え、何、そんな……えええ⁉

紛らわしい言い方しないでくれる！？！？！？

ああああ、顔が熱い！

私は思わず両手で顔を隠した。

色欲の悪魔と戦ってたの、私だけかよ。

そういえば、私、アランと話す時、敬語で話しがちなんだよね。だって、アランは前いた国ではお貴族様で魔法使いで、階級が明らかに上だった。ついでに言えば、幼い頃私はアランの小間使いだったのもあって、敬語が癖になってる。

でも確かに、アランの言う通り、自分の気持ちが一杯一杯の時とかは、敬語で話せてなかった。

「リョウ？　どうしたんだ？　顔が赤い……風邪《かぜ》か？」

そう言ってアランが、心配そうに私のおでこに手を当てた。ひんやりしてて冷たい。気持ちいい。気持ちいいけど、拭いきれない弄《もてあそ》ばれた感！

「アランのバカ……！」

「え⁉　なんで⁉」

突然罵倒されたアランから戸惑いの声が聞こえる。

我ながら理不尽だとは思うけれど、許せぬ……！

「別に！　なんでもない！　ほら、お望み通り、口調を砕いたよ⁉　これで満足⁉」

「口調は砕けたけど、なんか圧が強い！」

ふーんだ、アランなんてアランなんて！　私の純情を弄んだアランなんてええええ！

私がぷんぷんしていると、部屋のノックが鳴った。

「すいやせん、お嬢に坊。ちょっとお耳に入れておきてぇことがありやして……」

扉の向こうからそう申し訳なさそうに話す声が。

こんな時に何事⁉

とは思ったけれど、大事なことかもしれないと思って中に通した。

やってきた村人が険しい顔で報告した内容は……。

「え？　私とアランを探してる怪しげな男が、隣の村に来てる？」

隣の村も、この村ほどじゃないにしても若者を領主に取られている村。少しだけ交流がある。隣とはいっても結構距離はあるけど。

「へえ。金髪の女と、黒髪の男の若い二人連れを探してるとかなんとかで。ここら辺に若いやつらはもうお嬢と坊ぐらいしかいないんで、おそらくお二人のことかと……」

「その、その人の特徴は？　名前とか……」

「名前はまだ聞いていやせん。髪は珍しい銀髪で、なんか偉そうな若い男のようでやす……」

「銀髪の若い男……」

私の知り合いで銀髪と言えばカテリーナ嬢だけど、彼女は女性。第一ベイメール王国に来てるはずもないし。ベイメール王国に来てから銀髪の人と知り合いになったことない。

「ちょっと、その人の様子を見てみたいですね。隣村にいるんですか？」

「へえ。今、隣村のやつらでその男を拘束してるようで」

「え!? 拘束!?」

「わしらのシマでお嬢たちのことを嗅《か》ぎ回ってるような怪しいやつですからね。それぐらいは当然でやす」

いや、当然じゃないと思うんだけど。

ていうか……。

「隣村の人たちとそんなに密に交流ありましたっけ?」

隣村とは言っても、辺鄙《へんぴ》な場所なので、結構遠い。物々交換とか、かろうじての交流はあったとは思うけれど、私たちを探してるかもしれないからって、怪しげな男を拘束して報告までしてくれるほどの仲だったとは。

「へえ、この辺りの村のやつらは、わしらの傘下ですからね」

「いつの間にそんなことに!?」

何、傘下って!? 何してんの!?

「お嬢のありがてえお話を聞いて、みんな心入れ替えたんですわ。隣村のやつらもお嬢のために働きてえと自ら懇願してきやした。当然のことですわ」

全然、当然じゃないんだが!?

「まあ、ちいとばかし、白いブツを融通してあげましたがね」

白いブツって何!?　怪しげな薬みたいじゃん！　モヤシのことでしょ!?　ねえモヤシって言って！

こわ……。なにこれ、こわ……。ていうか、これ前にもこの感じ、味わったことあるんだけど……タゴサクじゃん。これ完全にタゴサクがやらかしている流れじゃん。

ベイメールにも、第二第三のタゴサクが……？

思わずブルリと体が震えた。

だ、大丈夫。落ち着け。落ち着くのだ、リョウ。若者さえ、若者さえ戻ってくれば、この突然の極道生活も終わるはず。

「と、とりあえず、その怪しげな男の様子を見にいきたいので、隣村まで案内してくれますか？」

私は震えそうになるのを堪《こら》えながら、どうにかそう声を絞り出したのだった。

◆

隣村にやってきた。

村に着くと、「お嬢！　坊！　お待ちしておりました!!」と大声を上げて村人総出でお出迎えしてもらった。怖かった。

村の規模は、今暮らしてる村より大きいかもしれない。でもやっぱり若者は少ない。

「あっちの小屋に、男を置いていやす」

隣村の代表が、そう言って、案内してくれた。

扉を開けて中に入ると、

「だーかーらー！　この俺様に！　こんなことしていいと思ってんのか！」

と、荒ぶる若い男の怒声が聞こえてきた。

鍬《くわ》をもった見張りらしき村人に、縄で縛られて柱に括《くく》り付けられた状態の男がくってかかりそうな勢いで怒鳴っている。

男は、小屋に私たちが入ってきたことに気づくと、こちらに顔を向けてきた。

私もアランも念のため、フードを目深《まぶか》に被って髪の色を隠しているので、彼が私たち二人を探しているとしても気づかれないはずだ。

「なんだ、あんたたちは……？」

バリトンの聞き心地のいい声。鋭い三白眼の濃青の瞳がこちらをまっすぐに見る。

男は、白い布をかぶせて黒いバンドで止めただけのような帽子をかぶっているけれど、その隙間から報告の通りの綺麗《きれい》な銀髪が見えた。浅黒い肌の色に、精悍《せいかん》な顔つき。結構なイケメンだ。ただ、全然知らない人。

横にいるアランにアイコンタクトを送ってみると、アランも知らないというように首を横に振った。

　私は再び銀髪の男を見て観察する。

　気になるのは、身なり。

　服装は、真っ白のゆったりした裾の長い服。しかも生地は結構上質。なんというか、一見するとアラブの石油王みたいなファッションだ。汚れは目立つけれど縫製が丁寧。履いてるブーツの仕立てもしっかりしたものだ。

「貴方《あなた》が、若い男女の二人組を探しているとか？」

「あ？　まあ、そうだが……」

　金を持っていそうな服装だし、もしかして、この国の貴族的な立場の人……？

「よければ理由を伺《うかが》っても……？」

「話すわけないだろ」

「どうしてもですか？」

「なんで、わざわざお前らに話さないといけない？　……でも、お前ら、ただモノじゃなさそうだな」

　それはこちらのセリフだけど。明らかに異質な感じがする。

「私たちは、別に、この周辺の村に住む、ただの村人です。貴方こそ、只者ではなさそうですが」

「……そういや、ここは、第二王女の腰巾着の領地だったか。お前ら、その腰巾着の腰巾着ってことか？」

不遜《ふそん》なセリフ。やっぱり、それなりの家の御令息っぽいな……。

と、私がのんびり構えていたのがいけなかった。

「ああん？　わしらのお嬢に向かって、腰巾着たあ聞き捨てならねえなぁああ！」

隣村の血気盛んなご老人が、足をドンと踏み出して喚《わめ》き出した。

こわー。別にそんな怒ることなくない？　完全にヤのつくご職業の所作じゃん。

ほらほら、とめて？　ご老人が荒ぶるのとめてあげて？　と私が救いを求めて他の村人を見ると、彼らも囚《とら》われの若い男を睨《にら》みつけてオラついた顔をしていた。何これ、隣村の人たち沸点低すぎない？　こわー。

私が隣村の人たちの血の気の多さにビビり散らかしてると、囚われている若い男が警戒するように眉根を寄せた。

「……いや、この村のやつら全員、やっぱりなんかおかしいな。ただの村人かと思ったが、ここは第二王女の私兵養成所か何かか？」

変な疑いをかけられ始めている！　私は慌てて口を開いた。

「いや、違いますけど！　普通の村ですけど！」

「こんな血気盛んなやつばかりいて、普通の村は通じねえだろ」

私もちょっとおかしいなって思っているけど、でも本当に普通の村なんです!!

「まあ、そうとわかれば、遠慮はいらねえな」

男が不敵な笑みを浮かべた。

この状況で、その余裕な笑み。なんだか嫌な予感がする。

「来い、マルジャーナ」

男が口角を上げてそう言うと、ゴウという風を切るような不自然な音が聞こえてきた。

「伏せて!」

私はそう叫んでおそらく対応できないだろう隣村の村民を抱えて地面に伏せさせる。

すると、壁が壊れる大きな音が響いた。

何が起きたのか確認するため顔を上げる。小屋の土壁が崩れて大きな穴が。

壁を壊された時に上がった土埃《つちぼこり》でよく見えないが、穴の向こうに誰かがいる。図体がでかいことだけはそのでっかい影でわかった。

おそらく壁に穴を開けた張本人。

その人は、のそっと穴の空いた壁から入るとドシンドシンと足音を響かせながら、囚われの男の元に向かった。

「主様〜!　来ましたよ〜!」

え!?　女性の声!?

土埃も落ち着いて突然の闖入者《ちんにゅうしゃ》の姿がよく見えた。

図体《ずうたい》がでかいと思っていたけれどよく見たら、その大半は武器だった。大きな鉄斧。斧を肩に預けた女性が、立っている。

「ただの村人を傷つけるわけにはいかないからな。まあ、第二王女の私兵養成所とわかれば話は別だが」

そう言って立ち上がったのは、先ほどまで柱に縛り付けられていたはずの若い男。

いつの間にか、縄が切られている。多分大斧使いがやったのだろう。

立ち上がる時に、囚《とら》われていた男が被っていた白い帽子が外れた。

そこから滑らかな青銀色の長い髪がまろびでる。思わず目を奪われた。綺麗《きれい》だった。一部三つ編みでまとめられているその髪は、確実に手入れされているものだとわかる。

仕立ての良い服に、手入れの行き届いた髪の毛。そして、おそらくボディガードか何かだと思われる大斧使いを従えている。

これはもう、この辺に住むただの人ではないのは確実だ。

「貴方《あなた》たちは、一体……」

私は警戒しながらも起き上がり、思わずそう口にする。

青銀髪男はニヤリと笑った。

「今更とぼけるなよ。この髪を見て、俺の正体がわからねえとは言わせねえぜ？」

男は自信満々にそう言うと、長い髪を払ってなびかせた。

なんか、すごい、大物感はあった。でも……。

「いや、すみません。本当にここはただの村なので、貴方の正体とか全然わからないんですけど、お名前教えてもらっても良いですか？」

私の冷静な問いかけに、自信満々だった青銀髪男の顔が僅《わず》かに引き攣《つ》る。

「ふ、まだ、とぼけるつもりとはな」

「いや、とぼけるとかじゃなくて、本当にわからないんですけど」

私が懇切丁寧に答える。だって本当に知らないし。

なんか、ご存じ俺様です、みたいな顔してるけど、本当に知らない。

「……え？　本当に？　だってここ、第二王女の私兵養成所だろ？」

「いや、違いますけど。第一、この村の人たちが手に持ってるの、武器っぽく持ってますけど、全部農具ですよ？」

「いや、だが……」

青銀髪の男は僅かに後退《あとずさ》りし、きょろきょろと辺りを見渡した。キョロキョロしたって、村人たちが手に持っているのは農具である。

「そういえば、主様が囚われていた間、村の様子見てましたけど、普通に畑耕してましたし、第二王女の私兵とかではないと思います～」

大斧使いが呑気《のんき》に間延びした声でそう言った。

銀髪男の顔が、ひくりと完全に引き攣《つ》った。

どうやら相手の方も、少し冷静になったようだ。

「お話、詳しく聞かせてくださいね？　この壁の修理の件も含めて」

私はにっこりと笑ってそう言った。

◆

「本当にすみませんでした～」

壁をぶち壊した大斧使いの女性はそう言って、床に膝をついて頭を下げた。

そしてその女性の隣にいる青銀髪の生意気そうな男は、あぐらをかいた足に肘をつき、手に顔を預けてそっぽを向いている。その表情にはありありと不満が現れていた。

「ここは大人しく謝った方がいいですよ～」

隣の大斧使いが、不満げな青銀髪男を窺《うかが》い見ながらそう言った。

「なんで、俺が謝らないといけないんだ」

と不服そうに頬を膨らます。

なんたる態度。明らかにどこかのボンボン的態度に私は呆《あき》れてから口を開いた。

「なんでって、壁壊したからじゃないですか？」

「壁壊したのは俺じゃなくて、こいつだろ」

と言って、隣の大斧使いの女性を指した。確かにそれはそうだけど……。

「でも、なんだか貴方《あなた》が指示したような感じでしたよね？　そもそも、先ほどからのやり取りを見るに、貴方がこの大斧使いさんの主人なのではないんですか？」

「それは、そうだが……！」

「なら貴方の責任ですよね？」

「こ、この俺を誰だと思ってるんだ！」

「いや、だから、貴方が何者か知らないので教えて欲しいんですって」

「くっ……！　俺を知らないなんて！」

と悔しそうに顔を顰《しか》めた。

みんなが自分のこと知っていて当たり前と思えるなんて、一体どんな育ち方をしたのだろうか。

「それで、さっさと貴方が何者か、教えてくれませんか？　皆ご存じと思うぐらいなのですから、別に知られても問題ないのでしょう？」

「それはそうだが、なんか俺様から言うのは癪《しゃく》に障る」

うるせえ、早く言え。

この期に及んでこの態度である。

「言うつもりがないのでしたらこのまま不審者として国に突き出すだけですよ？」

「ま、待て！　それはやめろ！」

「では、早く名乗ってください」

「……じゃあ、ヒントを出すから俺の正体を当てて……」

「すみませーん！　どなたか旅支度していただけますかー？　やっぱり怪しいので、国に突き出そうと思いますー」

「待て待て！　わかったわかった！　言うよ、言えばいいんだろ。そうだな、まずはどこから話すべきか……」

とか、昔話を始めそうな雰囲気になったので、流石《さすが》の私も気づいた。

この人、わざと話を長引かせてる……？

「こちらの大斧使いさん以外にも、誰かお仲間がいるんですか？」

私がそう問いかけると、僅《わず》かに彼の目が見開いた。でもそれはほんの一瞬のことで、すぐになんてことないって顔に戻った。

「いや、そんなものいねえよ。いたらもうとっくに呼んでいるだろ？」

この人、嘘《うそ》をつくことに慣れている。

気持ちや思惑《おもわく》を顔に出さない教育を受けているのだろう。

だけど、私の目は誤魔化《ごまか》せない。なにせ私だって、腹の裏の裏を読み合うカスタール王国の大商人だったのだから。人の顔色を窺《うかが》うのは得意中の得意！

「でも、ちょっとさっき動揺しましたよね。誰か、いるんですね？」

私がそう言うと、彼の眉が寄った。

図星かな。先ほどの無意味なやりとりは、時間稼ぎか何か。

「アラン、適当に村人を連れて見回りを……」

「やめておけ。そいつは、俺でも手に負えないような狂犬なんだ。変にちょっかいをかけたら逆に怪我《けが》するぜ？」

ここにきて、彼の口調がガラリと変わった。先ほどのどこかのボンボンのようなちょっとバカっぽい感じから、一気にシリアスに。

きっとこれが彼の素《す》なのだろう。でも悪い人ではなさそうだ。彼は初めからずっと、村人たちを傷つけないように配慮している。

「でも貴方《あなた》の一声で大人しくやってくるぐらいの躾《しつけ》はされているんですよね？　呼んでくれますか？　私たちは、別に貴方がたをとって食おうとしているわけではないんです。ただ、辺境の辺鄙《へんぴ》な村の力弱き住人としては、貴方がたのようなイレギュラーが怖いだけなのですよ」

私がそう言うと、彼は眉間《みけん》の皺《しわ》をさらに深くした。

「力弱き住人？　よく言うぜ。お前から感じる威圧感は強者のそれだ」

「え……」

少し言葉に詰まった。強者の威圧感って……何？　私、どう見ても年若き可憐《かれん》な乙女のはずなんだけど。

「ほーう、お嬢の強さに気づくとは、そなた只者ではなさそうじゃな」

一緒に連れてきていた村人の一人がなんか感心したような声を上げるのが聞こえてきた。

え、何どういうこと？　いや、だから私、まじで別に強者のオーラ的なのを出した覚えないんだけど？　確かに、魔法を使えば怪力女になれるけれど、この村で魔法使ったことないし！

私は救いを求めてアランを見た。恋人のアラン。私のことを好きだと言ってくれる彼なら、私の気持ちわかってくれるはず。

アランは私の視線を感じたのか、こちらを向いてくれた。そして不安そうな私を安心させるように力強く頷《うなず》く。

「俺は、リョウの強そうなところも好きだから」

強そうなんかい！

違う、違うの。私が求めている言葉はそれじゃないの！

どういうこと、私、強そうなの？　体形だって、気にしているからスレンダーだし、可憐さしかないはずなんだけど……。

って、いけない！　変なところで惑ってしまった。この目の前の銀髪男の目的が時間稼ぎということなら、成功してしまう。

さっさと本題に移らないと……。

「あー、でも、主様。大変申し上げにくいんですけど、どれだけ待っても蠍《さそり》君、来ないと思いますよ」

私が何か言おうとしたら、大斧使いの女性が呑気《のんき》な声でそう言った。

「来ない？」

銀髪の彼も訝《いぶか》しげな顔をする。

「ずいぶん前にはぐれちゃったんですよ。ほら、彼ってよく迷子になるから」

それを聞いて、銀髪男はポカンと目を見開くと、今度は目を怒らせた。

「あ、アイツ！　まじか……！」

唇をワナワナと震わせた。

来ない人のために必死に時間稼ぎしていたってこと？　なんか可哀想《かわいそう》なオーラが……。

一気に同情的になった私は、優しく語りかけることにした。

「その、色々お察しします。でも、そろそろお名前教えてくれますか？　本当に、ここはただの辺鄙《へんぴ》な村で、貴方《あなた》の素性が明らかになったからといって悪いことにはならないと思います」

そもそも、貴族とかが来たとして、我々が貴族に何かするメリットなんてなんもない。

銀髪の男は諦めたのか、チッと舌打ちをしてから口を開いた。

「俺は、ハイダルだ。ここまで言えば、流石《さすが》にわかるな？」

そう名乗って何故《なぜ》かドヤ顔をしてきた。

いや、名前だけ教えてもらっても……。

私は戸惑いながら、周りにいる村人に視線を向けた。

「ハイダルって方の名前に覚えがある人います？」

「いや、わからんでやす」

みんなして首を傾《かし》げた。やはり誰も知らないらしい。

「えっと……どこのハイダルさんですか？」

「名前を言ってもわからないのかよ⁉」

わからないよ。さっきからわからないって言ってるじゃん。逆に名前さえ言えば通じるといまだに思ってるのすごいね⁉　ここはね、貴方が思う以上に情報が入ってこない田舎だよ⁉

「それで、結局どこのハイダルさんなんですか？　見た感じ、かなり裕福な家柄のようですが……お貴族様、とかでしょうか？」

「貴族じゃない」

じゃあ、大きな商会のボンボン息子とかかな。こんな辺鄙なところにいる理由はなんだろう……。買い付け？

と、私がどこかの商会のボンボンだと当たりをつけていたら、衝撃的な言葉が飛び込んできた。

「俺は、王族だ。ベイメール王国第七王子ハイダル」

その言葉に思わず目を見開いた。

「え？　第七王子……？　王族……？」

「そうだ。だいたいこの髪の色でわかるだろう。王族にしか現れない青銀色の髪なんだから」

そう言って、苛立《いらだ》たしげに髪をかき上げた。

そうは言われましても……。

私は本当なの？　という気持ちでまた村人たちに視線を移す。

「んー、そういえばそういう話を聞いたことがあるような気がしますわい」

村人の一人がそう言うと、周りからそういえば……という声がちらほら上がった。

まじか……。それ知ってたなら、最初に教えて？

というか、どうしよう。王族……？　本当に？　これまで結構な扱いをしてしまったぞ。

正直、魔法使い至上主義のカスタール王国で、王族に対してこんな扱いしたら死刑ものだ。

いや、でも、私、ちょっと前に、王族と結びつきができたらいいなとか考えてなかったっけ……。

そうだ。この地の領主が第二王女に肩入れしていて、それで、農民に負担がかかっているから、そこにどうにか介入したくて……。

いや、まずは確認だ。

「貴方《あなた》が、第七王子である証拠は？」

「俺の身分を表す紋章が刻まれているイヤリングを持っているが、今までの話を聞く限り、王子それぞれに紋章が決まっているのすら知らないか？」

そう言って、七芒星《しちぼうせい》の意匠を施したイヤリングを見せてきた。これが、第七王子の紋章ってこと？　ただ、彼の言う通り、王族が持つ紋章の文様なんて知らない。村人たちも首を傾《かし》げていた。

でも、このイヤリングの素材は、間違いなく金。彼の言うことは、本当かもしれない。

弱ったな……。

「この地は、第二王女を支持する貴族が治める領地だと聞いてます。そんなところに、第七王子が大した護衛もつけずに来るなんて、信じられるとでも？」

「信じ難いことは認めるが、それが事実だ。俺としては第七王子の証拠はすでに示してる。これ以上の証拠は出せねえぜ」

ちょっと開き直ったような態度でそう言った。どこか余裕すらある。

けれど、もし本当に第七王子だとしたら、この地の領主に対抗するのに使える。

「ここに来た目的を教えてください。確か、若い男女の二人組を探していると聞きましたが」

「ああ、その通りだ。この辺りに、若い男女の二人組が向かっていったという噂《うわさ》話を聞いて来てみた」

この辺りにいる若い男女の二人組といったら、私とアラングらいしかいないのだが

……？

私は思わずアランと目配せした。私たちを探しているかもしれない王族の男の登場に、アランの目にも警戒の色が浮かぶ。

「ああ、安心しろ。ここにいるっていう若い男女の二人組はお前らなんだろうけど、俺の探し人じゃない」

「そうなんですか？」

「ああ、一人は金髪の女で、話したことはないが……顔を知ってる。かなりの美人だ。儚《はかな》げで、慈愛に溢《あふ》れた可憐《かれん》な感じで……そう、女神みたいな女だ。威圧感とかはない」

……。

ねえ、もしかして私、ディスられてる？

安心していいのか、怒っていいのかわからんのだが？

思わず眉毛をぴくつかせていると……。

「聞き捨てならない。リョウは、世界で一番綺麗《きれい》だし、可憐だ」

アアアアア、アラン！

私は感激のあまり思わず胸の前に手を組んだ。

アランたら、世界一だなんて！　それは言いすぎかもだけど、でも、嬉《うれ》しい！　好き！

「アラン、私の名誉を守ってくれてありがとう」

私がちょっとモジモジしながらそう言うと、意味がわからないとでもいうようにアランが首を傾《かし》げる。

「名誉？　なんのことだ？　俺はただ事実を述べただけで、別にリョウの名誉とは関係ない」

「ア、アラン……」

天然かー！　この純粋ボーイめ！　もう嬉しいとか通り越して恥ずかしくなってきた！

でも好きいいい！

「……お前ら、アランとリョウっていうのか？」

私が世界の中心で愛を叫びそうになっていると、銀髪男から訝《いぶか》しげな声が聞こえた。

「……そうですけど？」

「どこかで聞いたような名前だなぁ……」

そう言うと、男は眉根を寄せてマジマジと私を凝視した。

しばらく考えてる風だったけれど、思い出せなかったらしくておどけたように肩をすくめた。

「まあ、気のせいか。でも、さっきの発言で気を悪くさせたなら悪かった。ただ、違うってことを知ってもらいたかっただけで……別に悪く言うつもりはなかった」

銀髪男が意外にも素直に謝罪してくれたので、気分の良い私は許すことにした。アランが綺麗だって言ってくれたし。

「それで、どうしてその男女の二人組を探してるんですか？」

「それは……その女が俺の婚約者で、逃げたから追ってるだけだ」

少し目線を彷徨《さまよ》わせた後にそう答えた。

答え方に迷いがあった。多分、先ほどの言葉は嘘《うそ》。理由は別にある。

王位継承戦争に関わること、かな？

まあ、そこを突っ込んだとして別に私に得るものはなさそうだし、まあいっか。問題なのは、本当に彼が第七王子なのかということ。第七王子ならば、第二王女を支持する貴族に虐《しいた》げられてるこの地の村人たちを救えるかもしれない。

私は改めて、銀髪の男を観察した。王族と言われたら、確かにそれなりの風格があるようには思える。石油王みたいな恰好《かっこう》してるし。

それに、それなりに処世術というか、人の腹の中を探るような交渉ごとに場慣れしている印象を受ける。

ただ、普通の人なら気づかないだろうけれど、嘘《うそ》つく時、動揺が顔に出る。私じゃなきゃ見逃してしまうような違和感だけど。

そんな彼が、第七王子だと名乗った時、嘘をついているような違和感はなかった。

……信用してもいいかもしれない。

もし王族というのが嘘なのだとしても、恰好や振る舞いからして上流階級であることは間違いない。そうであるなら、もともとの目的である領主を追い落とすためのきっかけになり得るかも……。

私は、膝をついた。

「殿下、今までの非礼についてはお詫《わ》びします。こちらも身を守るために必死であったのです。どうぞご容赦《ようしゃ》を」

私がそう恭《うやうや》しく頭を下げると、周りの村人が一瞬ざわついた。

だけど私のことをお嬢と言って慕う村人たちは、大人しく私に倣《なら》って膝をつく。

「わかってくれたならいい。それに、騒がせて悪かったな」

「ご慈悲に感謝を。そしてご無礼を働いた上で、大変恐縮なのですが、改めてお願いがあるのです」

「お願い？」

「はい。この村を救っていただきたいのです。見ての通り、このあたりの村々は、若者が少ないのです。これには、涙なくしては語れぬ悲しい出来事があったからで……」

「ああ、どうせ、継承戦のために人手をかき集められているんだろ。だいたい想像はつく」

思いの外《ほか》に察しが良い。

「その通りです。若者を第二王女に与《くみ》する領主に取られ、畑も今までのように耕せぬ有様。このあたりの村々に未来はありません。慈悲深い王子殿下でしたら、そんな私どもをお見捨てにはなりませんよね……？」

私が畳みかけるようにそう相談すると、ハイダル王子は目を丸くした。

「なんだ。俺に若者を取り戻してほしいと言っているのか？」

「はい、その通りです」

「だが、俺のメリットは？」

そう言って試すように私を見た。

まあ、そういう話になるよね。

「もちろん、メリットはあります。この地の領主が理不尽に若者を搾取していると広まれば、第二王女の失脚につながるかと。それに、理不尽に窮した村人を救ったとなれば、王子の名声も高まりましょう」

「なるほどな……」

と言って、満足そうに私を見た。なんとなく好感触。

「だが、それはあまりメリットとは言えないな。今回若者を奪ったのは、一介の領主の独断にすぎない。それほど第二王女の失脚につながるとは思えない。それに、名声も正直なくてもいい」

「え、なくてもいい……？」

「田舎者だから知らないのも仕方ないが、王位継承戦に名声は必要ない。必要なのは、十二人の強い手駒だけだ」

十二人の強い手駒だけ？

思わず眉根を寄せる。この国はこの国で独自の王位継承ルールがある感じってこと？

「だが、手を貸してやってもいい」

私が言葉に詰まっていると、王子がそう続けた。

え、なんで？　嬉《うれ》しいけれど、理由がわからないのは怖い。

「理由を伺《うかが》っても……？」

「お前に、興味が湧《わ》いたからだ」

そう言って、ハイダル王子なるものは、気の強そうな笑みを浮かべる。

え、私に？

なになに、どういうこと？　私にホの字ってこと？

えー、そんな！　もしかして私、モテ期が来た!?

「それは聞き捨てならないな」

突然の少女漫画展開に戸惑っていると、アランが割って入るように前に出てきた。

鋭く、警戒するようにアランが王子を睨《にら》みつける。こんな時になんだけど、やだ、かっこいい……。

待ってこれ。もしかしてだけど『私のために争わないでー！』案件なのでは!?

アランには悪いけれど、ドキドキを禁じ得ない……。

「お前、確かアランといったか、お前も、興味深い」

ドキドキしていると、王子がそんなことを言い始めた。

アランも興味深い、だと？　まさか、私だけじゃなくて、アランまで口説《くど》いてる!?

それは許せん。

「それ、どういう意味ですか？」

思いの外《ほか》に低い声で問いただす。私のアランを口説《くど》くのは許せん。

すると、王子はさらに笑みを深めた。

「どういう意味かって？　単純な話だ。二人まとめて、抱いてやるってことさ」

やめろ。まとめて抱こうとするな。

思わずそう乱暴な口調を返しそうになって、どうにか堪《こら》えたのだった。

転章Ⅱ　蠍座《さそりざ》のウルスタの迷い道

あー、まいったね、こりゃ。

人っ子一人もいなさそうな山道を見てからため息をついた。

ハイダル王子の護衛のために密かに後ろからついてきたわけだけど……完全に見失ったよね。目に映るのは、木とか草とか岩ばかり。

まあでもマルジャーナもいるし、ちょっと僕が見失っても別に問題ないとは思うけど。

ただ問題は……。

「ここがどこか全くわからないってことだよね」

もしかして、迷子？　僕、迷子になっちゃった？　うける。

はあ、まったく、ハイダル王子が大人しく僕の目の届く範囲にいてくれたらよかったのに。ちょっと近くに綺麗《きれい》な小川を見つけて、思わず川に入ってバシャバシャしている隙にどっか行っちゃうなんて、ひどい話があるもんだよ。

だいたいさぁ、ハイダル王子の探し人を直接見たの、僕しかいないわけでしょ。僕いなくても、ちゃんとカスタールの魔法使い捕まえられるかな。

まあ、宿屋に置いてあった例の石像を見てるから、一人の顔はわかっているはずだし……。ううん、でも、王子は、人の周りにいる精霊とか神力とかいうのを見て人を認識しているところがあるから、人の顔と名前を覚えるの苦手だもんなぁ。やっぱり不安だなぁ。

魔法使いを直接見ている僕とはぐれちゃうとかさ、もうむしろ迷子はハイダル王子な気がするなぁ。

それにしても、あの宿屋の女の子とのやり取りは面白かったよね。

王子があの石像欲しさに『俺様は欲しいものは全《すべ》て手に入れてきた男』みたいな顔して、お金たくさん積んだのに、結局宿屋の娘さんは売らないしね。

あの時の、王子のあんぐりした顔ときたらめちゃ笑っちゃったよね。笑ってたら怒られたけど。王子は良い人だけど、本当にたまに理不尽だからなぁ。

はぁあ、なんか王子のこと考えてたらお腹すいてきた。

とりあえず道なりに進もうかな。

第六十五章　偵察編　村人奪還作戦

弓を構えて目をすがめる。

狙いは、木に止まっている野鳥。今夜の夕食になる予定の肉。

今だと思って矢を放つと狙い通り野鳥に当たった。どさりと鳥が木から落ちていく。

「おお、流石《さすが》だな！」

隣で様子を見ていた銀髪男、改めハイダル王子が歓声を上げた。

今、私とアランはこの銀髪王子ハイダルさんとその従者のマルジャーナさんとともに領主邸があるでかい町に向かって旅をしている。

第二王女の腰巾着であるこの地の領主の非道を明るみに出すことで、王位継承戦が少しでも有利に進められるはずだと王子を説得したのだけど、それは失敗した。

なんでも、王位の継承に名声はそれほど必要ないらしい。ひどい醜聞があっても王になる時はなるのだとか。

でも結局、ハイダル王子は第二王女に与《くみ》しているという領主から村人たちを助け出すことには協力してくれることになった。

狙いは、私とアラン、ということらしい。

「リョウ、俺が落ちた獲物をとってくるよ」

「ありがとう、アラン」

アランがゲットした獲物をとりに森の中へ向かってくれたので、私は弓を背負い直した。

「いや～、最初は面倒なことになったと思ったが、これはなかなか悪くない選択だった。リョウとアランのような優秀な戦士に出会えたからな」

ハイダル王子はそう言って、ふぁさぁって髪をかき上げなびかせた。

この人は、仕草がいつもなんだかきざったらしい。

「いえ、私もアランも戦士というわけではありませんよ。ただ、二人で旅をするにあたってはある程度自活する能力がないといけないので」

というかある程度、弓矢や剣が扱えないと二人旅なんて危険だし。

なにせこのベイメール王国には、小さめのゴリラみたいな見た目の野生生物、グリゴリなるものがいるのだ。

今いる辺境の森とかを歩いているとたまにそのグリゴリが襲ってくる。

それを撃退できる力がないと、旅なんてできない。

「それでどうだ。俺を支える星柱になる覚悟はできたか？」

またその話か。耳がタコになるほど聞いたそのセリフに思わずため息を漏らす。

「ですから、その件は何度も断りましたよね？　私もアランも、戦士と呼べるほど強くないです。ましてや王位継承戦に必要な大事な星柱の枠を私とアランで埋めるのは如何《いかが》なものかと」

この星柱というのが、この国の王位継承戦のすこぶる独特なシステム。

王族は星柱と呼ばれる十二人の戦士を従えて、王位継承戦に挑むのだ。

牡羊《おひつじ》、牡牛、双子、蟹《かに》、獅子《しし》、乙女、てんびん、蠍《さそり》、射手、山羊《やぎ》、水瓶、魚という星占いよろしくな役名がつけられている十二人の星柱たち。

継承戦に参加する王族が抱える星柱たちをぶつけ合わせて、その勝敗で王位が決まるとかなんとか。

つまりは、政治的なやりとりとか、王としての器とか関係なく、自分たちの手駒の戦いで王が決まる。

だから第二王女陣営の非道を追及して継承戦争を有利に進めよう、という私の最初の提案はあまり意味をなさないと言われたのだ。

「いや、十分イケる。俺の星柱になってくれ。なってくれたら何も不自由させない。絶対に幸せにしてみせる。二人丸ごと抱いてやる」

王子この『丸ごと抱いてやる』的な発言は、ただの口癖だ。

村にいた時も、二人まとめて抱いてやると言われた。ただ、それは私が想像しているようなプロポーズ的な意味合いではなく、二人とも俺の手駒になれ的な意味らしいが。

村を助けるメリットがないと言った王子が、こうやって一緒に領主のいる町まで旅をしてくれるのは、私とアランを星柱にしたいがためだ。

私もアランも星柱になることは断った。若者を取り戻すのに王子の力を借りたいのは借りたいけれど、それで王子の星柱とかいう王位継承戦にずぶずぶに関わる存在にまでなる気はない。

そのことは、何度も説明したのに、王子はいまだ諦めておらず。こうやって一緒に旅していれば、『俺の魅力に気づいて星柱になるに決まっている』的なことを言って、村に若者を取り戻すことにも協力してくれることになったのだ。

必死すぎる……。星柱ってそんなになりたがる人いないのかな。

「わあ、僕もアランさんとリョウさんが星柱になってくれたら嬉《うれ》しいなぁ」

この呑気《のんき》な声は、マルジャーナさんだ。彼女は僕っ子。そんな彼はその噂《うわさ》の星柱の一人で『牡牛』の座を担《にな》っている。

「なあ、良いだろ？　リョウ、君が欲しいと言ったもの、なんでも用意してやる。なんだったら……俺をあげてもいいんだぜ？」

そう言って、ハイダル王子は私に近寄ると、私の頬に手を添えようとして……。

「おい、不必要にリョウに近寄るな」

というアランの一言とともに、ハイダル王子の手は叩《たた》き落とされた。どうやらアランが野鳥をとって戻ってきたらしい。

アランが私をかばうようにして、ハイダル王子と私の間に入る。

そんなアランを見て、ハイダル王子はニヤッと笑った。

「嫉妬か？　安心しろ、俺はお前もちゃんと愛してるよ。リョウとアラン、二人丸ごと抱きしめてやる」

やめろ。アランを抱きしめていいのは私だけだ。丸ごと抱きしめんな。

というかアランは、私に近づくハイダル王子を警戒して怒ってるのであって、私にハイダル王子が取られちゃうかも！　で嫉妬してるわけじゃないからね⁉

「とにかく！　私もアランも、その星柱とかになる気はないですし、そもそも実力も伴わないと思います」

正直なところを申せば、私とアランには魔法があるし、かなり強い方になるとは思うけれど、でも、この王子の前で魔法を使う気はない。となれば戦うことを本業にしているような人たちと渡り合える気がしない。

「いや、二人は実力を隠してる。もともとは名のある使い手と見た」

「……まったく何をおっしゃるかと思えば、何も隠してなんていませんよ」

とか言いつつちょっと焦った。最近は魔法使ってないし、魔法使いだってバレる要素はないと思うんだけど……。

「言っただろ？　俺は王族だ。実力者かどうかは見ればわかる。例えばその剣」

そう言って、アランが腰に差してる剣を指さした。

「これは、結構値の張る剣だ。お姫様が太ももに隠してる短剣もな。そんな良い剣を持ってるってことは、それなりに武芸に覚えがあるからだろ」

と言って銀髪がニヤリと笑うので、私とアランは思わず目を合わせる。

私とアランが持ってる剣の値が張るものかどうかは、正直良くわからない。なにせ、アランが作ったやつだし。

アランは再び視線をハイダル王子に戻すと口を開いた。

「なんでそう思うんだ？」

「見ればわかると言ったろ？　その剣二つとも、隣国、カスタール王国から流れてきたものだろ。カスタール製の剣は質が良い。高値で取引されている」

そうだったのか……。この剣はカスタール製というよりもアラン製だけど、おそらく魔法で作られているかどうかで判断したのだろう。

だとしたら……。

「どうして、この剣がカスタール製だとわかったんです？　しかも……」

と言いながら、私が太ももに隠し持っていた短剣をさっと取り出した。

「この短剣は直接見てないですよね？」

「それでもわかる。精霊が集まってきているからな」

「精霊？」

「知ってるだろう？　王族には精霊の姿が見える。カスタール製のものは、精霊の力で作られてるからだと思うが、大気中にいる精霊が寄ってくるんだ」

え、そうなの？

そういえば、アランが言ってたな。この国は呪文が広まっていないから、魔法使いの素質がある人がいても魔法が使えないとかなんとか。

おそらくハイダル王子はその魔法使いの素質がある類《たぐ》いの人種。呪文を知らないから魔法を使えないだけで、カスタール王国でいえば精霊使いといわれる部類の人なのだろう。

「……へえ。知らなかったな。家にあったものを適当に持ってきただけだから」

アランが冷静にそう言った。

私とアランは、家の事情で結婚を許されなかった二人が駆け落ちして田舎に落ち延びてきた、という設定でここにいる。先ほどのアランのセリフはそれを意識しての返答だろう。

「ふ、隠さなくていい。とにかく俺はお前らを気に入ったんだ。俺は、欲しいと思ったものはなんでも手にしてきた。いずれ二人とも丸ごと抱いてやる」

いやだから勝手に丸ごと抱かないで？

「それでは、私とアランは貴方が初めて手に入れることができない何かになりそうですね」

私が皮肉っぽく言うと、彼はフッと笑った。

「まあ、今はいいさ。一緒にいるうちに俺の魅力に気づくだろうからな」

得意げにそう言うと、何かに勝利したかのような顔をして先に歩き出した。

なんか腹立つ。

どこの国も王族というのは変人しかいないのだろうか。ゲスリーとか、テンション王とかさ……！

とはいえ、あまり今は強く言えない。

なにせ、今回はこの地の領主をギャフンと言わせるために力を貸してもらっている立場だからね。

私とアランは目配せして肩をすくめ合うと、ハイダル王子の後を追った。

ちょうど食料になりそうな野鳥が見えたから立ち止まっただけで、まだまだ休憩時間には早すぎる。

「それにしても、星柱というのはそんなに人気がないのか？　話を聞いていると結構な名誉ある立場みたいだが……」

アランが誰にともなくそう尋ねると、少し先を歩いていた大斧使いのマルジャーナさんがこちらを向いてニコッと微笑《ほほえ》みかけてきた。

「名誉職ではあるにはあるんだけど、なかなか難しいんだよ～。もし仕えている王子が王位継承戦に敗れたら……悲惨でしょ？」

確かに。新しい王とは継承戦で敵対していた、という微妙な経歴がついちゃうわけだしね。

「それにね～、選ぶ側も大変だよ。星柱になりたいって来てくれる子がいてもさ、もしかしたら他の王位継承権を持つ王族の密偵かもしれないし。今までの継承戦でも、この密偵のせいで勝敗が決したなんてことはざらでさ～。だから選ぶ側も慎重にならざるを得ないよ」

あー、確かになぁ。でも……。

「なら、なおさら私とアランに固執する意味がわからないんですけど。駆け落ちしたってことは言ってますけど、正直、王子たちにとっては本当かわからないですし、素性がしれないですよね？」

「はは、まあ、そこはね、王子だからかな～。王子は、他の王族たちよりも鋭い感性があるんだ。精霊を見ることで、その人の人となりがわかったりもする。だから、その王子が気に入ったなら、君たちは大丈夫なのだと思うよ」

ええ、そんなことある？　つまり勘、的な？

私が思わずアランを見ると、アランは若干腑《ふ》に落ちたような顔をしていた。

ハイダル王子はおそらく精霊使いに該当するのだと思うけれど、カスタール王国でも精霊使いは精霊を見ることで色々わかったりすることがあったのだろうか。

身近な精霊使いというと、シャルちゃんとか、リッツ君か。

シャルちゃんは確か、疲れている人とか死期が近い人の周りに黒い精霊が見えるとかなんとか言っていたかも。

それにリッツ君はなんといっても、空気を読むことに関しては凄《すご》かった。あれも、大気に漂う精霊とやらを見て判断してたり？

私も、生物魔法が使えるけれど、魔術師と精霊使いの感覚はよくわからないから判断できん。

まあどのみち、星柱になるつもりはないし、この地の領主をギャフンと言わせたらおさらばする予定なので深く考えるのはやめておこう。

◆

旅をすること、数日。

やっと領主の住んでいる大きな町にたどり着いた。

街並みは、港町バスクと似ている。白い土壁に、丸っこくてカラフルな屋根。

日差しが白い壁に反射して、眩《まぶ》しい。

けれど、バスクほどは活気がないかな。

「で、やっと目的地に着いたわけだ。それで？　これから何するつもりなんだ？」

と、ニヤニヤ笑いながら他人事のように尋ねてくるハイダル王子。

いや、まあ、彼にとっては他人事なのは確かだけど。

「リョウ、先に宿をとるか？」

と言うアランの問いに、私はうーんと唸《うな》った。

空はまだ明るいけれど、そろそろ日が沈みそうな時間だ。確かに宿は押さえておきたい。

とは思うのと同時に、労役でとられた若者たちの今が、早く知りたい。

「情報を集めながら、宿をとりましょうか。少しでも、奪われた村人たちの様子が知りたい」

「ハイダル王子、これからは偽名を使っていきたいのですがいいですか？　それと、帽子はこれまで以上に深くかぶってください。銀の髪色は王族独特ということですから」

私がそう言うと、お安いご用さとばかりにハイダル王子がウインクした。

うちや隣の村の人たちは誰も知らなかったけれど、流石《さすが》に都会に住んでるっぽいここの住人は王族の姿形や名前に覚えがあるかもしれない。

王子とバレて動きにくくなるのは避けたいので、隠さなくては。

「もちろん、俺はそれで構わないぜ。だが、俺の隠しきれない王者のオーラが悪さしたらごめんな」

「あ、その点は問題ないかと、うちの村の人たち誰もそのオーラに気づきませんでしたし、安心してください。それで、偽名はどうします？」

「さりげなくひでえこと言われた気がするが、まあいい。俺は王者。懐の広さは、凡人のそれじゃないからな。それで偽名のことだが、そうだな……ハインでどうだ？　一般的な名前だ」

「ああ、良いですね。実際の名前と近い方が、王子も何かと反応しやすいでしょうし。それで、私たちに協力してくれるって約束、まだ有効ですよね？」

「もちろん。村の若者を取り戻す、だろ？　そのために俺の偉大なるハイダルという真名を利用することも許すさ」

「けれど、以前も言った通り、協力してくれたからといって、私とアランは貴方の星柱になるつもりはないですからね」

「ふ、まあ、今はそうだろうな。だが、断言する。お前らは、最後に必ず俺の星柱になりたいと泣いて懇願してくる」

その顔は自信に満ち溢《あふ》れていた。

自分が口にしたことが必ず未来に起きるのだと、それが当然だと言わんばかりの顔。

思わず言葉に詰まった。

どうして、こんなに自信が持てるのだろう……。

戸惑いながらも彼のことを振り返る。

ここまで一緒に旅をしてきて思うのは、彼は意外にも、賢いということ。

物事の道理は理解しているし、知識もある。会話をしていても、時折知性が漏れてくる。

こいつはただの自信家のバカじゃない。そう思える何かがある。

その人が、こうまで断言するのは、やはり何か理由があるからじゃなかろうか。

思わずアランを見た。アランも同じことを考えていたのか、渋い顔をしている。

とはいえ、ここで彼の思惑《おもわく》を疑っていても始まらない。今は、まだ、彼の協力がいる。

ただ、念のために、彼の行動には注意を向けた方がいいかもしれない。

知らず知らずのうちに弱みを握られて、結果的に、泣いて『星柱になりたい』と懇願せざるを得ない状況にならないために。

「どうした？　そんな心配そうな顔するなよ。不安ならいつでも言ってくれ。まとめて抱いてやるよ」

うるせえ。お前のせいだよ、お前の！

まったく……。やはりただの自信家のバカなのでは!?と時折思わせるようなジャブを放ってくるのも、ここまでくるとまた怪しい！

「まあ、いいです。とりあえず、情報を集めに行きます。ついでに宿も押さえましょう」

私は、ある程度の方針を示すと新しい町、クルエルプルスコの町の中を歩き始めた。

◆

情報収集があらかた終わった日暮れ頃、お腹を満たすために四人で食堂に集まった。

卓について、それぞれ食事を頼み終わると、アランから呆《あき》れたようなため息が漏れた。

「それにしても、まさか若者が労役としてとられているってことが、これほどまでに周知の事実だったとは」

アランのこぼした愚痴のような言葉に私も神妙に頷《うなず》いた。

町で情報収集に出かけたわけだけど、欲しかった情報はすぐにあらかた収集できた。

というか、町の人、みんな知ってた。

領主が、田舎の村から若者を理不尽に奪ってきてること。

そしてその理由が王位継承戦争のためだということもわかった。

ハイダル王子に教えてもらった独特な王位継承戦のシステム。十二人の星柱を戦わせ、その勝敗で王を決める。

この町では、第二王女の星柱を育成するための闘技場のようなものを建設しながら、理不尽に徴集した男たちに無理やり訓練させて強い戦士を育成中ということらしい。そして村の女たちの多くは、星柱を目指すために集まった戦士たちの世話をする給仕係。

「まあ、俺はそんなこと初めからわかっていたがな」

辺境に住み、王位継承戦にも無頓着な村人たちは知らなかったみたいだけど、領主が住むような大きな町では、星柱育成のために周辺の村から人手が駆り出されているのは周知の事実だったのだ。

王位継承戦に参加するハイダル王子がその辺りの事情を知らないわけがない。

「知っていたのでしたら、教えてくださっても良いのでは」

私が不満そうにそうこぼすと、ハイダル王子はニヤリと笑う。

「俺から答えを言ったらつまらないだろう？　それに、まだ、今の俺とお前らの関係じゃあ、俺が何言ったってどうせ信じない」

まあ、それはそうなんだけど……。

しかし、驚いた。旅の間、俺とお前らはズッ友だぜっていうテンションで話しかけてきていたから、私たちとの精神的な距離感を正確に測れていないんだと思っていた。私とアランが、ハイダル王子たちとはなんだかんだ距離を置いていること、ちゃんとわかっていたのか。

なんていうか、本当に掴《つか》めない人だ。基本的にふざけている人なんだけど、言うことはだいたい理にかなっているし、たまにハッとするようなことを言うこともある。

「ということは、王位継承戦さえ終われば、村の人たちは帰ってくるってことか？」

アランがそう問うと、ハイダル王子は肩をすくめる。

「おそらくは、な。俺が集めているわけじゃないからなんとも言えない。だが、王位継承戦が始まるのは、三年後だ。それまで、若者を奪われた村が持つかどうかは甚《はなは》だ疑問だな」

「三年後？」

思わず驚きが声に出た。

「そう、三年後。王位継承権を持つ王族全員が、王宮に集められ、戦いが行われる」

三年。そんなの、村がそれまで持つわけない。いや、私とアランがいる村は、かろうじて持つかもしれないけれど、他の村はどうだろうか……。

「三年も待てません。どうにかして、村人たちはすぐにでも返してもらわないと……」

でも、どうやって……？

当初の予定では、村人を理不尽に奪い取るという領主の悪行をハイダル王子が摘発することで、領主の評判を下げるつもりだった。そうすれば領主の上にいる第二王女にまで悪評が及ぶ。そのことを恐れた第二王女が領主を切り捨てるか注意するかで、村から理不尽に若者を奪うことをやめさせるのでは、なんてこと考えてた。

でも、これは多分うまくいかない。

町の人たちの反応を見るに、この時期に村から若者を奪って働かせるのは、しょうがないことであり、普通のことなのだ。

私たちが、村から理不尽に村人を攫《さら》うなんて酷い！　と騒ぎ立てたところで、だから何？　状態である。

ハイダル王子も、私の考えたことでは村人を取り返せないと言っていた。

でも、でも、三年は持たない。

考えなくては。そもそも、この国はこの国独自の文化がある。

文化が違えば、そこに住む人々の考え方だって当然違う。

そもそも私は、王位継承戦というのが、王位継承権を持つ者の政治力とか影響力で決められるものだと思っていた。けれど実際はそうじゃない。戦いに、そう、ゲームのようなやりとりで王を決めるのだ。

もう一度考え直さなくちゃ。

即座に計画を中止させて、村人たちを返してもらえる方法は……。

「聞かせて欲しいのですが、ここの領主は第二王女派に所属しているんですよね？　つまり、ここで育てられている星柱は、第二王女に献上するためということですよね？」

「そうだろうな」

「第二王女は、十二人の星柱を全《すべ》てこの地の領主が献上した者にするつもりなのでしょうか？」

「それはないだろう。第二王女の派閥は、王位継承戦に参加するやつらの中でも一番大きい。他にも第二王女のために星柱候補を探して育てているやつはたくさんいる」

「ということは、この町で育てられている星柱候補は、候補であって決定ではないんですね。必ず選ばれるとは限らない」

「まあ、そうだな。だが、この地の領主は、第二王女派閥の中でも、影響力のある貴族だ。加えて力の入れようがすごい。なにせ、周辺の村々から人手を搾取しているくらいだからな」

「そうですね。それぐらい力を入れている。きっと第二王女も、ここから選抜される星柱候補には期待しているでしょうね」

私は笑みを作ってそう言うと、アランがくすりと笑って口を開く。

「どうやらいい考えが浮かんだみたいだな」

「ええ、試したいことが一つ。でも、うまくいくかどうかの確信が、まだ持てない。そのために、一度、候補生の世話係として働かせてもらおうかと。町の人たちから聞いた話だと、まだまだ人手が足りないらしいので」

募集の張り紙も張ってあった。ただ募集要項を見る限り、質素な食事と寝る所が確保されているだけで報酬はなし。おそらく、誰もやりたがらない。だからこそ、村から無理やり人手を奪っているんだと思うけど。

それに村から攫《さら》われた人たちが置かれている現在の環境も気になる。実際のところを確かめたい。

「ほう？　つまり、領主の懐に入るってことか？」

「そういうことです。実際に中の様子を見て、私の作戦が通用するかどうか見極めます」

「じゃあ、ある程度方針も決まったってことで、もう食べてもいいかな？」

話し合いには参加せず、にこにこ待っていたマルジャーナさんが、そう声をかけてきた。視線はテーブルに注《そそ》がれている。

ちょうど、食事が運ばれてきたところで、テーブルの上には美味《おい》しそうなホカホカ料理が！

香辛料の利《き》いたいい匂いが鼻腔《びくう》をくすぐる。

一気に口の中によだれが溜まった。なにせしばらく野宿生活だったものでね、こういうちょっと手の込んだ温かい料理が食べたくて仕方がない。

ガリンガリン村の人たちがモヤシで満足してるところに、こんな豪勢なものを頂いちゃうのはちょっと気が引けちゃう部分もあるけど、でも食べれるうちに食べとかないと！

ちなみに、お会計はうちの石油王、ことハイダル王子が払ってくれるとのこと。

「そうですね！　食べましょう！」

そうして、各々自分が頼んだ食事に手を伸ばす。

私はケバブサンドみたいな、薄めのパンに鳥肉と野菜を挟んだ料理とスープとジュースを頼んだ。

やっぱり出来立ての料理は美味《おい》しいよねえ！

アツアツで噛めば脂したたるジューシーなお肉とシャキシャキの葉野菜に、ピリッとしたソースが塗られたサンドイッチ、美味しい。ひよこ豆のトマトスープも濃厚だし……というかベイメール王国の料理って、カスタール王国よりも美味しいものが多い気がする。

香辛料が強くて、慣れないと辛《から》いかもしれないけれど、私は結構好きだ。

それと、頼んだコロコロムームーとかいう可愛《かわい》い名前のジュースも、今まで味わったことないお味だけど甘くて美味しい。

色が黄色だから、オレンジジュース的な酸味の利いた味かと思いきや、どちらかというとマンゴーのような濃厚な甘さのジュースだ。コロコロムームーって名前は初めて見るので、多分この地域特産のフルーツのジュースだとは思うけれど、すっごく美味しい。

ある程度食事を進めていると、「全部美味しい！　久しぶりの手の込んだご飯！　嬉《うれ》しいい！」と、一番はしゃいでいたマルジャーナさんが思い出したように声を上げた。

「そういえば～、部屋割りどうする？　二部屋しか取れなかったよね～？」

マルジャーナさんの一言で、え？　と思わず首を傾《かし》げた。

確かに宿の部屋は二部屋しか取れなかった。大きな町ではあるけれど、特別観光地というわけでもなく、バスクのように交通の要所というわけでもないのでもともと宿屋が少ないのだ。

情報収集がてら宿を探し回ったが、今食事をしている食堂兼宿屋を営んでるこのお店の二部屋しか空いてなかった。

でも部屋が二部屋あれば問題ない。

「私はてっきり、私とマルジャーナさん、それとアランとハインで部屋を分けるのかと思ってました」

私がそう言った。男女別の部屋割りである。だけどマルジャーナさんは首を横に振った。

「流石《さすが》に、僕はハイン坊ちゃんの側《そば》を離れられないよ」

あ、そうか。マルジャーナさんは王子の護衛のようなものだ。別々の部屋で泊まれないのか。

「別に一部屋でも、俺は良かったんだがな」

そう言ってハイダル王子は、エールを飲んだ。

髪色を隠すために深く帽子をかぶってはいるけれど、顔を上向かせるとチラリと銀髪が見えそうで、私の方が焦ってくる。なにせ銀髪は王族特有とか言われてるし。

「バカなこと言うな。リョウをお前と一緒の部屋にするわけにいかないだろ」

骨付きチキンの蒸し焼きを食べつつ、アランがそう言って王子を睨《にら》みつける。

「そもそも、一部屋に四人なんて狭すぎます」

私がそう呆《あき》れて言うと、王子はにやりと笑う。

「いや、俺は気にしないぜ？　むしろ距離が近くて良いだろ？　まとめて抱いてやれる」

だからまとめて抱こうとすんな。

「とにかく、リョウとお前を同じ部屋になんてあり得ない。リョウは、一人で部屋を使ってくれ。俺たち三人で、一部屋使うから」

「え？　三人で一部屋？　……それも流石にきついのでは？　アランが私と一緒の部屋にすればいいと思うんだけど」

いやだって、大人三人だってきつきつだよ？　そもそも、まとめて抱こうとしてる男とアランを同じ部屋にするの、なんか嫌だ。マルジャーナさんもいるし……。

「俺とリョウを同じ部屋なんて……ダメだ。それは流石にだめだ」

えええええ!?　でも、でも、そうしたら……アラン、マルジャーナさんとまとめて抱かれちゃうかもだよ!?　あの変態王子に!!

「なんで？　私と一緒じゃ嫌なの？」

「嫌とかじゃなくて……」

と言って渋い顔のアラン。解《げ》せん。

「なら、私と同じ部屋にしようよ」

「それは……できない」

と言って断固拒否の姿勢を貫くアラン。

え、なんでこんなに渋るのだろう。

私は疑問に思いつつも、コロコロムームージュースを一口飲んだ。

喉が潤って、私の気が少しだけ大きくなる。

アランとあの変態王子を同じ部屋にするのだけは阻止せねば。

「アラン、もしかして、この男にまとめて抱かれる気？」

「はあ？　そんな気あるわけないだろ」

「だって……なんでそんなに頑《かたく》なに、私と同室になるのを嫌がるのかわからない！」

「いや、そこはわかれよ。わかるだろ？」

え、何その目。やれやれみたいな呆《あき》れた顔してる気がする。

ムムムと眉根を寄せた私は、またジュースを飲んだ。やっぱりこれ美味《おい》しい。

「わかるだろって言われても、わからない。ちゃんと説明して。どうして私と一緒の部屋じゃダメなの？」

私が追及すると、アランは困ったように眉根を寄せた。

言うべきか言わざるべきか、迷うかのように視線を揺らす。

えー、なんでこんなに躊躇《ちゅうちょ》しているのかわからない。言いたいことがあるならはっきり言えばいいのに。

私は、自分を鼓舞する気持ちでジュースをさらに飲み、カップに入っていた分を全《すべ》て飲み干した。

「どうして何も言わないの⁉」

「どうしてって……というか、リョウ、顔赤くないか？　なんかおかしいぞ」

「はあ？　おかしくなんてありませんけどぉ⁉」

何よ、私のことがおかしいだなんて！　話をはぐらかそうとしている気がする！

「あ、リョウさんが飲んでいるのお酒な気がする～」

私がぷんぷんしていると、私が飲んでいた飲み物を見て、マルジャーナさんがそんなことを言った。

「お酒じゃありません。コロコロムームーっていう可愛《かわい》い名前のジュースです！」

「いや、それこのあたりで特産になってるお酒の名前だよー」

何言ってんの!?　コロコロムームーとかいう可愛い名前なのにお酒のわけがないでしょ!?

私は聞かなかったことにして、ただいま私の心の大問題であるアランを睨《にら》み据《す》えた。

「アラン、はぐらかさないで！　はっきり言ってよ。どうして、私と同じ部屋だと嫌なの!?」

「ほう、こいつは面白《おもしろ》くなってきたなあ」

揶揄《からか》うようなハイダル王子の言葉が鬱陶《うっとう》しい。こちとら全然面白くない！

「ハインはだまっていてください！」

「ハハ、俺に対してその態度でいられるなんて、お前は大したもんだ。いいぜ、まとめて抱いてやるよ」

いやだからまとめて抱こうとすんな。

こいつに何を言ってもしょうがない。何言ってもまとめて抱こうとしてくるに違いないのだから！

私は今、アランの心の内が気になってるの！

だって、こんなに頑《かたく》なに同じ部屋を嫌がるなんて、おかしい！　おかしいもん！

ていうか、前からちょっとずーっと気になってることがある！　今までは見て見ぬ振りしてきたけど、なんか気持ちが盛り上がってきて、抑えられない！

「だいたい！　アラン、前から思ってたけど、私以外に恋人いたでしょ⁉」

私がそう問い詰めると、アランは驚いたように目を大きく見開いた。

なんだか、あたかもそんなこと言われると思わなかった、みたいな顔してるけど、私は騙《だま》されない。

「はあ？　そんなのいるわけないだろ！」

慌ててアランがそう言うけれど、私は騙されんぞとばかりに腕を組んだ。

「いいや、絶対いたね。だって、キスとか手慣れてるもん！　私のことがずっと好きって言いながら、他の人ともキスしてたんでしょ！」

だって、だって……アランのキス、なんていうかあれはもう百戦錬磨のキスなんだもん！　すっごい手慣れている感じなんだもん！

「そんなわけないだろ⁉　だいたい……キスが手慣れているのは、リョウの方だ！」

ああん？　私のどこが手慣れているっていうの⁉

言っとくけど今でも毎回キスする時はドキドキのソワソワなんだからね⁉

「変なこと言わないで！　私がいつ手慣れたって……」

「だって、リョウは……リョウこそ初めてじゃないだろ！」

「何言ってるの!?　私は……」

アランとが初めてだよ！　って言おうとしたけど、ハッと目を見開いた。

そういえば私……初めてじゃないな？

しゅん、と私の中の何かが勢いをなくし始めた気がした。

「リョウが、アイツと……ヘンリーとキスしたのだって、俺は見てたんだぞ！　それに、カイン兄様とも……」

あ、ああ、確かに！　してた！　何故《なぜ》か、アランとするキスが初めての気持ちでいたからすっかり忘れてたけど、私、してた！

ゲスリーとカイン様と……そういえば王妃様ともしてたな……？

「そ、それは……不意をつかれただけで、三人とも私の意思じゃないし……」

「そう、リョウは俺の目の前でしてたんだぞ。俺がどんな気持ちで……いや、待て。三人？　一人増えてないか!?」

「と、とにかく！　私のことはいいの！　問題はアランだよ！　絶対、百人ぐらいとは経験してるでしょ!?　熟練の技だもん。すごく気持ちいいもん！」

「ほう。それはいい情報だ。まとめて抱きがいがある」

お前は黙ってろ王子。

「あんまりちゃちゃ入れないであげてくださ～い」

ほんと、マルジャーナさんの言う通り！

「は？　百人？　何言って……ていうか、気持ちいいとか、人前で言うなよ。う、嬉《うれ》しいけど……」

アランが顔を赤らめて照れ始めた。しかし私の勢いは止まらない！

「まあ、百人は言いすぎたけど、絶対何人かと経験は済ませてる！　私をさしおいて！」

「だから済ませてないって！」

いーや、なんと言おうと済ませている。それぐらい、なんか、アランとのキスはすごいんだもん！

ゲスリーとのキスも、王妃様のキスも、カイン様とのだって、全部忘れちゃうくらいのやつだもん！

それほどのものを体得しているってことは、きっと並の経験値ではないはずだ。

アランが、過去だとしても、私以外とキスしていたなんて……考えるだけで、私の心の中の嫉妬の悪魔がメラメラと燃え上がる。

でも、アラン、一体誰と、キスしていたんだろう。

ベイメール王国に来てから？　それとも、カスタール王国でもしてたのかな。同じ学園の子とかと……？

学園……。そういえば、アランがキスしているところ、私、見たことあるな……。

昔のことを思い出した。学園の法力流《ほうりき》しというイベントで、確かトーマス教頭が滝壺で溺《おぼ》れて……。

アランが人工呼吸という名の、キスをトーマス先生に。

あの時、それを目の当たりにした私が抱いたのは憐憫《れんびん》だった。可哀想《かわいそう》なアラン、人命救助のために、初キッスをトーマス先生に捧げた。

そういえば、それを目の当たりにしていた私は、将来アランに彼女ができてファーストキッスで浮かれていたら、『君のファーストキッスはトーマス先生に捧げてたけどね』って揶揄《からか》ってやろうなどと意地の悪いことを考えてた気がする！

なんて底意地の悪い私！　というか、アランの彼女、私じゃん！　因果応報とはまさにこのこと！

あの炎魔法大好きトーマス先生にアランの大事なファーストキッスを掠《かす》め取られていたなんて！　許せない、七三!!

まって、まって、冷静になって、あんなのノーカンだよ。ノーカン。だって人工呼吸だし……そうよ人工呼吸だもの！

「ち、ちなみに、アランがトーマス先生としたキスは数に入らないからね！」

「え⁉　なんの話だ⁉」

「だから、法力流《ほうりき》しの時、溺《おぼ》れたトーマス先生に口付けしてたでしょ！」

「え？　あ……！　いや、数に入る入らないの前に今の今まで忘れてたよ！　なんてこと思い出させるんだよ！」

「アランは、昔キスしたことのある人のこと、忘れられないんじゃない？　だから、同じ部屋を嫌がるんだ」

「違う！　というかそんな人そもそもいないから！」

「じゃあ、なんで……」

なんか、気持ちが盛り上がって、盛り上がりすぎて目の当たりが熱くなった。涙が出そうで、流石《さすが》に涙は流したくなくて、必死に堪《こら》えようとしたら……本音が口からぽろっとこぼれた。

「最近ずっと四人で野宿で……アランと二人だけの時間だって減ってて……寂しいのは私だけ？」

思わずこぼれた本音に、私の心臓がドクリと音が鳴った気がした。でも、それが私の言いたいことの全《すべ》て。

アランの反応を窺《うかが》うと、信じられないみたいな顔して固まってる。

何その表情、そんな風に私が思っているなんて、思ってもみなかったって顔している。

そう、やっぱりアランは別に寂しくなんてなかったんだ。だから、別々の部屋だなんて言えるんだ！

「リョウ、それって……」

「もう！　アランなんて知らない！」

気づいたら店を飛びだしていた。

店を出ると、冷たい夜風が頬にあたる。

ほてった顔にちょうど良くて、気持ちいい。て、いうかなんか、無性に走りたい。

悔しいし、悲しいし、ていうか頭がふわふわするし！

そしてそこでやっと思い至った。

え？　頭がふわふわ？　あれ？　なんか私、おかしいぞ？　というか、この、無性に走り出したくなる感じ、覚えがあるぞ。

これ、お酒で酔っている時の私だ。

カスタール王国は、十五歳で大人という枠組みになるし、お酒の解禁年齢とかはないので、商会長として王都で店を構えていた時に、シャルちゃんたちとお酒を飲んだことがある。

その時、ものすっごいテンションが高くなって、走り回っていたのだ。こんな感じのふわふわな頭で……。

今、その時と同じ状態、な気がする。私、もしかして、酔ってる……？

冷静になった頭に、マルジャーナさんのお酒じゃない？　という一言が思い返された。今まで見たことない名前のジュースだと思っていたけど、もしかして、アルコールが入ってた……？

というか、さっきのアランとのやりとりも、私ちょっとおかしかったよね⁉

さーっと顔が青ざめて、一気に酔いが醒《さ》めていく。

店から数歩離れた先の道の真ん中で、途方に暮れた。

どうしよう。次、どんな顔してアランに会えば良いかわからない。完全に酔いに任せて、理性が飛んでいたというか……。

「リョウ……！」

びくりと思わず肩を揺らした。今一番会いたくない人……アランの声がしたのだ。

どうしよう。さっきのこと、謝るべきだよね？　お酒飲んで冷静じゃなかったって言って……。

私が振り返ることすら躊躇《ちゅうちょ》して怖気《おじけ》付いていると、背中から抱きしめられた。アランだ。

私の大好きな、アランの匂いがする。

「リョウ、ごめん。リョウがそんなふうに思ってくれていたなんて、思ってなくて……」

そんなふうって、どんなふうだったっけ……。

私は、すっかり酔いが醒めた頭で直前のことを思い返す。

『それに、最近ずっと四人で野宿で……アランと二人だけの時間だって減ってて……寂しいのは私だけ？』

これだ。きっと私が言ったこの台詞《せりふ》のことだ。

恥ずかしい……！　こんな子供みたいなこと喚《わめ》き散らしてたなんて！

「違うの、あれは……私、お酒飲んで、どうかしてて……」

「今更、撤回するなよ」

「だ、だって……」

恥ずかしい。私のこと幻滅したんじゃなかろうか。

こんな子供じみたこと喚いて……。

そもそも、アランが私のことを好きなのだって、正直意味わからない。

私、アランの前ではネコも被らないし、親分面する時だってあるし……。だって、私がもしアランだったら、シャルちゃんとか、女の子らしい子を好きになると思うし。

「俺、嬉《うれ》しかったよ。リョウが、寂しいって思ってくれたこと」

「アラン……」

「実は、ずっと不安だった。こんなに好きなのは、俺だけなんじゃないかって……」

「え？」

「少しは、期待してもいいのか？　リョウも、俺と同じぐらいの熱で、俺のこと好きでいてくれてるって」

そ、そんなの！

「当たり前でしょ……いや、アランがどれぐらい好きとか、そういうのはわからないけど、私は……すごく好きだよ。だって、そうじゃなきゃここまで一緒にいるわけないし、こんなに嫉妬したりなんて……しない」

「うん……。あと、俺、本当に、キスはリョウとしかしたことないから」

アランのその言葉が、嬉《うれ》しいような、恥ずかしいような……。だって、お酒によって失言してた私へのフォローだし……。

とはいえ、もう何かを言う気力が残ってない私はアランの胸の中で抱かれながらかろうじて頷《うなず》いた。

「うん……」

あれ、でも……。

アランの腕の中で、幸せに浸りつつ、しかし私の心の中の悪魔たちが囁《ささや》いてきた。

さっきのアランの言葉、『キスは』ってわざわざキスだけに限定したような言い方じゃなかった？

一度なりを潜めたはずの嫉妬の悪魔が再びむくむくと起き上がり始めた。

そういえば、アラン、『筆下ろし』……どうしたんだろう。

私がまだ幼くしてアランとカイン様の小間使いやってた頃、アランの母上アイリーン様が、まだまだ幼いアラン坊やのために、筆下ろしの相手を探してたような……。

え？　『キス』は初めてだとして、キス以外は？

……。

いや、いやいやいや、キスとか、キス以外とか、そういうことを考えるのはよそう。

もういいじゃないか！　こんなことで嫉妬ばっかりしてたって、過ぎたことはどうしようもないじゃないか！　今の私はもう酔いもすっかり醒《さ》めてる！　落ち着け、落ち着くんだ、リョウ！

「それで、泊まる部屋のことだけど……」

アランが、もともとの争いの原点の話を口にしたので、私はハッと顔を上げた。

「リョウがいいなら、一緒の部屋に泊まろう」

「へ……」

酔いも醒《さ》めて、落ち着きを取り戻し始めた私の耳に、アランのいつもよりも甘さを含んだ声が響いた。

「……でも、何が起きても知らないからな」

そう言って、私を見つめるアランの目が、確かにいつもと違う熱を孕《はら》んでいる気がした。

何が起きても知らないって、それって、それって……。

今の私はわかっている。アランが、私との同室を嫌がった理由。それは、二人きりだと……。

その先のことを想像して、顔に一気に熱が集まった。

このやりとり、村に住むって決めた時もあった気がするのに私ってやつはなんで忘れていたんだ。

私とアランは、男と女で、恋人同士で、同じ部屋にいて何もしないなんてこと、あるわけないのに。

◆

チュンチュン。

鳥の鳴き声で目が覚めた。

カーテンから差し込む朝日に目をすがめながら体を起こす。

横の方を見ると、アランが隣のベッドで寝ていた。寝相のいいアランは、布団を肩までかけてすやすや眠っている。愛しい人の寝顔を見て幸せに浸った後、私は視線を天井に向けた。

愛し合う男と女が、同じ部屋に泊まって何もないはずがない。

そう思っていた時が、私にもありました。

結論から言うと、私とアランは確かに一晩同じ部屋で泊まったのに、何もなかった。

いやね、よく考えたらさ、ずっと野宿続きでさ、疲れてたんだもん。

最初はドギマギしていたけれど、気づいたら、寝てた。

びっくりした。ふと目が覚めたら、もう朝なんだもん。

寝巻きを見ても、乱れた様子もないし。当のアランも、スヤスヤと隣のベッドで寝てるし。

平和な朝だね。平和すぎる朝だったね……。

「あ……リョウ、起きたのか？」

起き抜けの少し掠《かす》れたアランの声に、再び視線を横に戻す。

のっそりと起き上がったアランが両手を上げて伸びをしていた。肩までかかっていた毛布がはだけて、意外にも引き締まった上半身が見えた。下は何か穿《は》いてるみたいだけど、上半身が生まれたままの姿じゃん。

やだ。アランって、寝る時、上は裸族派なの？

昨日はあの逞《たくま》しい体に抱かれるはずだったのか……。なんだか妙に惜しい気持ちになってきた。

しかしここでがっつくのも恥ずかしくって、慌てて視線を逸《そ》らして口を開く。

「お、おはよう、アラン。私も先ほど起きたところで……」

やばい、なんか言葉が詰まった。昨日のこと、触れていいの？　昨日、なんか先に寝ちゃってごめんね！　みたいな⁉

「リョウ、昨夜《ゆうべ》は……」

まさかのアランの方から、昨夜の話題が……！

私は緊張しながら次のアランの言葉を待っていると……。

「久しぶりにぐっすり眠れたな」

そう言って、眩《まぶ》しすぎる笑顔を見せてきたアラン！　でもその笑顔、なんか悲痛を堪《こら》えたような笑みなんですけど⁉

よく見ると、ちょっと隈《くま》が⁉　まさか、アラン、眠れて、ない感じ⁉

「あの、アラン……ごめん、私、先に寝ちゃって……」

「いいんだ。俺も疲れてたし、すぐ寝た」

そう笑って言ってはくれているけど、その顔すぐに寝た人の顔じゃないよね？

しかしあまり突っ込まない方がよかろうと、私もそっかー！　って笑って誤魔化《ごまか》すことにした。ごめん、アラン……。

なんとも、微妙な朝のやりとりをした私は、ベッドから抜け出すと身支度を整えるため衝立《ついたて》の奥へ。

そこに置いてあった水差しから洗顔器に水を注いで、顔を洗う。

昨日の夜も、ドキドキしながらここで寝巻きに着替えたり色々準備してたんだよね。これから私、どうなっちゃうの～!?　みたいなテンションでいたはずなのに、ベッドに寝転んだら秒で沈んだけど。

敗因はベッド。

「リョウは、今日から早速、星柱候補生の世話係の面接に行くつもりなのか？」

衝立の向こうからアランの声が。

「うん、そのつもり」

着替えながらそう言うと、うーんと悩むアランの声が聞こえる。

何か予定でもあったのだろうか。

「わかった。リョウは先に食堂行っててくれ。俺、少し準備するから」

準備？　朝の支度のこと？　それならいつも私よりも余裕で早いのに。

服を着替え、軽く髪にブラシをかけてから衝立を出ると、ベッドであぐらをかいているアランが、珍しく念入りに髪にブラシをかけていた。

アランの黒髪はうらやましいほどの美髪で、何もしなくてもトゥルントゥルンしてるのだ。ブラシなんかしなくても常にさらさら。寝癖も何もない素直ヘア。

その髪に、ブラシをかけるなんて今日は妙に気合いが入ってるな。

「珍しいですね」

「まあ、ちょっとな」

と言って髪をとくアラン。もともとトゥルントゥルンなのに、ブラシ効果か、さらに輝きを帯びてきたアランの髪が綺麗《きれい》すぎて、気づけば誘われるようにアランの髪に触れていた。

アランの左肩にかかっていた髪を一房掬《すく》い取って、そのまま指で下へと梳《す》いていく。指通り滑らか～。やっぱりいいな、アランの髪。

と思ってアランの髪の毛の触り心地を堪能していたら、スッとアランに手をとられた。

あ、邪魔だったかな？

「ごめん、つい、綺麗だったから……」

と私が言っている間にアランが私の手を、自分の口元へ。

指先に、軽いキス。

突然のラブイベントにドキッと体が硬直した。

「嘘《うそ》だよ……」

囁《ささや》くようにアランがそう言う。アランの息を指先に感じる。

え？　何、嘘？　嘘って何？

と思っていても固まっていて口に出せないでいると、アランのまっすぐな視線が私を捉えた。

「すぐに寝たって言ったのは、嘘。俺、リョウが近くにいるって思ったら……寝られなかった」

わ、わわわわ。

私の中で何かが弾《はじ》けた。

だって、やばい、アランが、可愛《かわい》い……。

私の中の生まれたばかりの色欲の悪魔が、高速ハイハイで近づいてきている気がする。

昨日、怠惰《たいだ》の悪魔にあっさり陥落《かんらく》してぐっすりねんねしてしまった、色欲の悪魔が！

押し倒して、しまおうか。

「でも、リョウが寝てくれて良かった。寝てなかったら……約束果たせなくなるところだったから」

……ん？　え、あ……約束？

一人で勝手にムラムラしている私は、突然のアランの約束の言葉に正気に戻った。でも、アランの言わんとしていることがよくわからない。

「えっと、約束？」

「あれだよ。ほら、大きな城の一室で、香を焚《た》いて、演奏を聞きながら、愛を語らって結ばれるってやつ……」

ちょっと恥ずかしそうに語るアランを見て、私も思い出した。

あ、そういえば、港町バスクでそんなこと語ってたかもね⁉

私もその時は結構乗り気だったけれど、現実的に考えて普通に難しくない？　と思って諦めてた。というか、忘れてた。

アラン、本気だったの……？

「俺の、夢なんだ」

そう言ってはにかんで笑うアランはたいそう可愛《かわい》かった。

本気だ。アランのこの顔は、本気だ。

私はゴクリと唾を飲み込んだ。

私の心の中で高速ハイハイでこちらにやってきていた色欲の悪魔を、どうにかあやしてひっこませる。

待って……となると、私たちの初めて、一体いつになるの？

城なんて、そう簡単に泊まれる？　どのレベルの建物で、アランは城判定してくれるの？

「そうだね。私も……頑張る」

何を頑張ればいいのかわからないまま、私は曖昧《あいまい》にそう答えると、アランは満足そうに頷《うなず》いた。

でも、本当にどうしよう。

ものすごい勢いで成長している色欲の悪魔を抑えることが、私にできる？

◆

宿屋の一階の食堂で今後のことを考えながら、ゆっくりと朝食のパンを噛《か》み締める。

アランは、まだ部屋で支度中だ。何故《なぜ》か妙に気合いが入っていた。

「おや、思ったより早いな。昨晩は楽しめなかったのか？」

ニヤリと笑って揶揄《からか》うような声が聞こえてきた。私はげんなりした気持ちで声のした方を見ると予想通りハイダル王子。

あのニヤニヤ顔を見るに、昨晩、私とアランが子作り的な行為に走ったに違いないと思って揶揄ってきたのだ。

なんという邪推。まったく、王族とあろうものが、そんな下卑《げび》た思考回路でどうかと思うんですけど。

まあ、ぶっちゃけ私だって、昨晩はすごいことが起こるに違いないと思ってましたけどね！

ハイダル王子のせいで、昨晩の不甲斐《ふがい》ない自分を思い出して思わず顔を背ける。

「楽しむ？　なんの話ですかー？　久しぶりにやわらかい所で寝れたので、とてもぐっすり眠れましたけどー」

イライラが思わず声色に出た。だって、なんか、悔しいぃい！

「もう、ハイン坊ちゃん～、そういうこと揶揄《からか》うのはやめてあげましょうよ～」

マルジャーナさんが、揶揄う気まんまんのハイダル王子を諌《いさ》める。ありがとうマルジャーナさん！

「なんだなんだ？　虚勢なんて、俺の前で必要ないだろ。それとも……って、その顔、たっぷり熟睡しましたって顔だな。まさか、本当に、何もなかったのか？」

素《す》で驚いた顔をするハイダル王子に私は悔しくて泣きそうになった。うるさい！

朝目覚めてから、昨夜の自分の不甲斐なさに一番驚いてるのは私なんです！

し、しかも、アランは、お城での初めてを所望されているご様子……。

色々なものをグッと堪《こら》えて黙々とパンを貪《むさぼ》り食った。

「ほら～、ハイン坊ちゃんがいじめるから、すねちゃいましたよー」

「いや、これはマジで俺が悪かった。まさか本当に何もないなんてことがあるとは……

あ、いや、まあそういう時もあるよな」

そう言って、私の肩にポンと手を置く。

やめて。そんな本気で気の毒そうに言うのやめて。余計に虚《むな》しい……。

「そういえば、星柱候補生の世話係になるって言ってたけど、いつ行くんですか～？」

同じ卓に座ったマルジャーナさんが、話題を変えてくれた。私はありがたくその話題に乗って冷静さを取り戻すことにする。

「今日早速行ってみようと思ってます」

「そっかあ。しばらく別行動だねえ。中に潜入するのも面白そうだけど、ハイン坊ちゃんは流石《さすが》に潜入なんて無理だし、そうなると僕も動けないから」

「そうですね。というか、お二人はこれからどうするつもりなのですか？　もともと私たちに協力してくれるということで、ここまで一緒に来てくれたわけですけど……」

この二人が一緒に来てくれた理由、ふわふわすぎてよくわからないんだよね。私とアランの勧誘のためとは言うけど、本当かどうかわからないし。目的がよく見えないっていうか。

「なんだ、もう俺の力は必要ないって？」

「いえ、そういうわけではないですけど……」

これからのことを考えると、できればハイダル王子には協力してほしい。ハイダル王子がいなくてもどうにかなるかもしれないけれど、いてくれた方が確実……。ただ……。

「……はっきり申し上げると、目的がよくわからないです」

「目的？」

「ここまで一緒についてきてくれましたけれど、ハインには、正直なところ利点がない、ですよね？　それなのに、野宿とか、宿のことも、よく付き合ってくれるなって」

「利点はある。お前らは俺の星柱になるんだからな」

「ですから、それはずっと断っているんですけど」

「ああ、今はな。でも、先のことはわからないだろ？　俺のことを知れば知るほど、頼れば頼るほど、お前たちは俺のことが好きになる。そうしたら、お前らの方から星柱になりたいと泣いて懇願する未来を引き寄せる」

またこれだ。自信に満ちてる、私とアランが星柱になることを疑っていない。

何か、裏でもあるのだろうか。私たちに協力しているその裏で、私たちの弱みでも探って言うことを聞かそうとしてるとか……。

というか、そもそも、私、このままずるずるハイダル王子と行動を共にしていたら、情が湧《わ》いてきて普通に星柱になっちゃいそうなんだよなぁ……。

ほら、なんていうか、やっぱり良くしてくれた人には良くしてあげたいというかさ……。まさかそういうところに付け込もうとしているのかな？　それはありうるかもしれない。気持ちが揺れ始めている。

それに、今の私には欲しいものがある。

「あの、もし、私が星柱になるって言ったら、お城をくれますか？」

私の突拍子もない質問にハイダル王子が目を丸くする。

びっくりするよね。わかる。私だって、こんな質問することになるなんて思ってもみなかった。

「なんだなんだ！　とうとう俺のものになる決心がついたのか！」

「えっ⁉　いや、そういうわけでは……！」

「今更照れるな。城なんて欲しいだけくれてやる。十二星柱の中には、広い領地をもらってそれこそ一国の主《あるじ》になる者も多い。城なんて望むなら望むだけやるよ」

「いえ、何個も欲しいわけじゃなく……むしろ一晩だけでいいというか……」

なにせ、私とアランのラブロマンスは城がないと始まらないのだ。

今の私はお城が欲しい。どうしても、お城が……！

私が星柱入りに傾きかけた時、「悪い。待たせた」と言うアランの声がした。

私は、アランが下りてきたんだと思って顔を上げて声をかけようとして、固まった。

なにせ、私がアランだと思って顔を上げた先には、アランのようでアランじゃないような何かがいた。

「ア、アラン……？」

私は目の前のアランのようでアランじゃない何者かを凝視した。

アランのような長い黒髪は、いつも以上に丁寧に手入れされたことで星空のように輝いている。そして、もともと長いまつ毛がいつもよりもくるんと巻かれていて、エメラルドの瞳がいつもよりも大きく愛らしい。

白粉《おしろい》を塗ったのか、いつも以上に白くて肌理《きめ》細かい肌。頬のあたりはほんのりとピンクに色づき、ふっくらと膨れたつぼみのように愛らしい唇は艶々とほんのり赤い。

その顔は、どこに出ても恥ずかしくない美少女だった。

でも、でも……。

喉ボトケがしっかり見える。女性にしては太い首に、がっしりとした肩。微かに筋肉の膨らみを感じる広い胸板。

そんな雄々しい体形に似つかわしくない、緑色の女もののワンピース。

もともとベイメール王国の服は、体形がわかりにくいゆったりしたタイプの服が多いのだが、それでも肩のあたりがぎっちぎちだ。

呆然《ぼうぜん》としている私やハイダル王子たちにも気づかず、何食わぬ顔でアランが席に座った。

「俺も何か食べようかな。注文を……。あ、肩が上がらない」

店員さんを呼ぶために腕を上げようとして失敗したアラン。

その辺りまで見て、私はやっと正気に戻った。

「いや、アラン、何やってるの⁉」

「何って。俺もまだ朝ご飯食べてないから」

「いや、ご飯のことじゃなくて！　その恰好《かっこう》のこと！」

私が指摘すると、アランは自分の恰好を見て、ああと納得したような声を上げた。

「これは、昨日買っておいたんだ」

いやいやいやいやいや、その服をどう入手したのかが知りたいわけじゃなくて！

あまりの話の通じなさに言葉に詰まっていると、遅れて正気を取り戻したらしいハイダル王子が口を開いた。

「アラン、お前にこんな趣味があったとはな。驚いたが、嫌いじゃないぜ。いいさ、まとめて抱いてやる」

だからまとめて抱こうとすんな。というか待って、頭混乱してきた。

私はフーッと自分を落ち着かせるために息を吐いてから口を開いた。

「アラン。待って。その……なんでいきなり女装を始めたんですか？」

「何って、今日、星柱候補生の世話係の面接に行くんだろう？　だから着替えたんだ」

え？　私が面接行くだけならアランは着替える必要ないよね？　あれ、もしかして、アラン、私が受けるのと同じ面接を受けようとしてる？

女性限定の面接に……？　だから女装を……？

「はっはっは。突然どうしたんだと思ったら、そんな理由だったのか。流石《さすが》はアラン、俺の星柱なだけはある」

戸惑う私の横で、ハイダル王子の笑い声が響いた。

「いや俺は星柱になった覚えはない」

「いいさ、強がるな。しっかし、体の方は別として、顔の仕上がりがえげつないな」

と言って、まじまじとアランを見つめるハイダル王子。

いやほんと、顔の仕上がりがえげつない。というか、どこかで見たことがある気がする。アイリーンさんに似ているから？　それだけじゃないような……。

「以前、詳しい人に教えてもらったことがあるんだ」

聞き捨てならない言葉が聞こえて私は片眉を上げた。

「詳しい人……？　それって誰？」

「コウキさんだ」

コウキお母さんが!?　ちょ、え？　何やってるのコウお母さん!?

アランが！　アランが！　私より美少女になっちゃうんですけど!?

「な、なんで、コウお母さんにそんなこと……教わったんですか!?」

「ミスコンで優勝するために」

ミスコン……？　その単語に私は学園生時代のことを思い出した。

ミスコン、確かにやった。一番美しい人は誰だ選手権。

そこに突如として現れた黒髪美少女が、優勝を掻《か》っ攫《さら》ったのだ。

「もしかして、あの時の美少女、アランだったんですか!?」

「そうだが……言ってなかったか？」

言ってないよ！　何年か越しの衝撃の事実に腰が抜けそうだよ！

「待って、待って……。そもそも、なんでアラン、ミスコンに参加しようなんて思ったんですか？」

私がその質問をすると、今まで女装していても恥ずかしさの片鱗も見せなかったあのアランが初めて顔を赤らめた。

「……リョウとデートしたくて」

あ！　そういえば、優勝特典、私とのデートだったかも……！

でもあの時、結局謎の美少女は姿をくらまして、デートできなかった気がする。それで突然、時間が空いて、アランとお出かけしたんだった。

まさか、あの美少女が、アランだったなんて……。しかも私とデートしたいがために？

「アラン、普通に誘ってくれたら良かったのに」

「いやだって、あの時のリョウ、めちゃくちゃ忙しかっただろ」

「それはそうだけど……」

「それに、リョウは俺のこと、ただの友達としてしか見てなかったし」

「それはアランだって」

「違うよ。……言っただろ？　俺はずっとリョウのことが好きだったって」

突然のときめきに息が止まった。

ずっと好きとは聞いてたけど……学生の時から？

カーっと頬に熱が溜まっていく。

本当に、いつからアラン、私のこと好きだったんだろ。なんで私、気づかなかったんだろう。もし、気づけていたら……。

ワンチャン、ラブラブ学園生活が送れたかもしれないのに！

放課後に制服デートとか。憧れしかない……。

「おいおいおいおいおい、甘酸っぱいなあ、おい。最高かよ」

「わ、ハイン坊ちゃん、ダメですって、そんな口挟んじゃ！　せっかく良いところなのに！」

上機嫌なハイダル王子一行の言葉に、私とアランはハッと正気に戻った。今完全に二人の世界行ってたわ。私なんて、過去に逆行してアランと制服デートしてた。

「と、とりあえず、アラン、その恰好《かっこう》はまずいかも」

「うまくできてないのか？　コウキさんに教えてもらった通りにしたはずなんだが」

「顔は完璧。もう、本当に、可愛《かわい》い。でも、体形が……」

学生の時は、まだアランの体ができ上がってなかった。だから、女性ものの服も着こなせていたんだと思うけれど、今はきつい。

「そうだなあ。ちょっとゴツゴツしすぎてるな」

ハイダル王子が言ってくれたので、私はウンウン頷《うなず》いた。

「アランは大人しく待ってて」

「だけど……」

「面接行っても落とされると思う」

私が強めに言うと、アランはやっと諦めたようでふーっと息を吐き出した。

「……わかった」

どうやら納得してくれたようだ。

アランは、一度着替えに部屋に戻って行ったのだった。

転章Ⅲ　とある王子の嘆き

父王はハレムに百人以上の妃《きさき》を抱えている。そしてその妃たちと同じぐらいの数の王の子が生まれている。……そう、生まれているはずなのだ。

「やっと継承戦に参加できる王の子が七人となったか」

王宮の廊下を歩いていると、どこからかそんな声がして、思わず歩みを止めた。

七人の王の子。そして七人目の王の子はこの俺だ。先日めでたく十五歳となり、やっと王子と認められた。

「しかもこの前王子と認められたのは、ハイダル様だ。高い精霊力で、金山を当てられた方だ」

俺の名前が上ったが、それよりもその『七人』という数字に俺は固執していた。

ハレムには、百人以上の王の子供が生まれたはずなのだ。

だがその多くが、生まれてすぐに死んでしまう。三年も生きられればいい方だ。故にこの国では、ハレムに生まれた王の子の全《すべ》てを王子とは認めない。どうせすぐに死んでしまうからだ。そして十五歳になって初めて王族であると認められる。

ハレムの環境は、あまり良いものではない。多くの子供が流行病《はやりやまい》で簡単に弱い命を落としてしまう。中には、妃の嫉妬で殺される子供もいる。

幼い頃一緒に遊んでいたはずの者たちも、一人、また一人と亡くなってしまった。

とはいえ、ハレムはまだいい方なのかもしれない。一応は屋根のついた寝床で寝られるのだから。今、この国では、屋根もなく、満足に食事もとれない子供がどれほどいるだろう。

全ては、貧しさだ。この国の貧しさが、全てを過酷なものとしている。

だから俺は誓ったのだ。

何をしてでも、何を犠牲にしてでも、この国を豊かにしてみせると。

第六十六章　世話係編　星柱候補生のお世話

アランの女装騒動など色々あったけれど、私は無事に面接を受けてそのまま屋敷で働けるようになった。

労働環境はなかなかに過酷だった。

洗濯洗濯食事の用意洗濯洗濯。日々、洗濯していると日が暮れている感じだ。

訓練場にいる星柱候補生、約三百人の洗濯や食事全《すべ》ての面倒を五十人ほどの女性陣で世話するのはなかなかにハードである。

ちなみにこの五十人は全て村から労役としてとられた女性たち。

彼女たちに話を聞いてみると、ほとんどの人たちが村に帰りたがっていた。

まあ家族残して来ているもんね。特に小さい子供を残してきたママさんたちの帰郷の念は強い。……心配だよね。

ただ、中には世話をしている候補生の中に恋人を作ったりして、ここでの生活をそれなりに楽しんでいる人もいる。

とはいえ、それもここに住みたいわけではなく恋人といたいだけなので場所にこだわりはなさそうだ。

後は候補生たちだね。候補生の多くは攫《さら》われた村人たちだった。若いってだけで無理やり候補生にして訓練させられている。

そして残りは、自ら志願してきた者たち。普段、山賊とかしてそうなガラの悪い人たち。

でも自ら志願してきたガラの悪い候補生は、自ら志願するだけあって強い人もいる。村から攫われて、無理やり訓練させられている人たちの多くは、彼らのサンドバッグ役のような扱いだった。

直接尋ねたことはないけれど、おそらく攫われた人たちのほとんどは村に帰りたいのではなかろうか。

あと、闘技場を建設しているところにも攫われた村人たちが配属されている。正直、そことは接点があまりないので様子がわからないけれど、噂《うわさ》を聞く限りだと、そこでも昼夜働かされてなかなかに過酷だとか。

こちらに入って一週間だけだけど、必要な情報は手に入れた。みんなが帰りたがってるということがわかれば、それでいい。

なにせ、私はこれからこの訓練場なるものを閉鎖に追い込むつもりなのだから。

「よーう、ここにいたのか。喉が渇いた。酒持ってこいよ」

頭上から、実に偉そうな声が降ってきた。

桶《おけ》に入れた水で洗濯していた私がのそっと顔を上げると、嫌らしい笑みをしたでかくて立派なリーゼント頭のやつが私を見下ろしている。そして後ろにもにやにや笑顔を浮かべる男たちが三人ほど。

また、こいつらか……。

ため息が出そうになるのをどうにか堪《こら》えた。

このリーゼント頭の一行は、ちょこちょこ仕事で忙しくしている若い女の子にちょっかいをかけては邪魔してくる厄介者。以前、他の女の子が嫌がらせを受けているところに出くわして私がかばったのだ。それから、ターゲットが私に移ったらしくここ数日付きまとわれている。

「申し訳ありませんが、私の受け持ちは洗濯です。飲み物が飲みたいならご自分で用意してください」

しかと睨《にら》みつけながらそう返答すると、リーゼントはひるむどころか楽しそうに笑みを深めた。

「洗濯だと？」

「そうですよ。見ればわか――!?」

――ガゴン！

見ればわかるでしょ、と強めに言おうとしたら洗濯に使っていた桶を蹴られた。

おかげで桶に入っていた水が私の顔にかかり、残りの水も洗った衣類と一緒に地面に投げ出される。目の前の惨状に、私の堪忍袋の緒が切れかける。

「はっ！　洗濯は終わりだ。俺の相手をしろ」

私はリーゼントを睨みつけながら、立ち上がった。

「これでは洗濯し直さないといけないじゃないですか！」

「あん？　なんだその口の利《き》き方は。俺を誰だと思ってる。いずれ第二王女の星柱になる男だぞ。てめえみたいなつまらねえ女とは格が違うんだよ」

リーゼントは自信満々にそう言った。いずれ必ず第二王女の星柱になると思っているらしい。

確かにこのリーゼントは、強い。体格も良いし、武器を振るうのにも躊躇《ちゅうちょ》がない分思いきりがいい。多分、この星柱養成所で一番強い。でも、それはあくまで農村から引っ張ってきた素人《しろうと》同然の村民たちや、ちょっと腕に自信がある程度のならず者が集まってる星柱養成所の中での話。

こんな大きな態度に出られるほどは、強くない。というか多分、魔法で強化した私の方がずっと強い。

「つまらねえ女なら、もう声かけてくるのやめてもらえます？　なんでわざわざつまらないのに声かけてくるんですか？　暇なんですか？」

「うるせえな。構ってやってんのにその態度はなんだ。感謝しろよ」

「感謝？　なんでそんなこと。いい迷惑です。邪魔なのであっちへ行ってください」

「んだとてめえ！」

私があしらうようにあっち行けしたら、リーゼントが怒って私の胸倉を掴《つか》んだ。

でも、ひるんでなんてやらん。こっちには、魔法という名のドーピングがある。ドーピングすれば、こんなリーゼントなどひとひねり。

むしろ、もうやっちまおうか。

この男にはほとほと嫌気がさしていた。私に対しての態度はもちろん、私以外の世話係に対する態度も許せないレベルなのだ。

世話係としてここに潜伏し、もう欲しい情報は集まった。いっそのこと、この失礼すぎるリーゼントをぶっ倒して華々しく、星柱候補生に転向するのはどうだろう。

もともと候補生として養成所に潜入することも考えていたけれど、流石《さすが》にちゃんと訓練してる人たちの中に混ざってやれる自信がなかったからやめただけ。入ってみたら正直、みんな大したことない。そうとわかれば、候補生に転向するのはありよりのあり。

私は小声で素早くドーピング、強化の呪文を唱えた。

「あん？　何を言ってんだ？」

「気にしないでください。ただの、悪態ですよ」

私はそう言って、私の胸倉を掴むリーゼントの手首を握る。このまま、力任せにひとひねりしてやる。

そう、思った時だった。

「その手を離せ」

怒りをにじませた凄《すご》みのある声。ひゅんと風を切る音とともに、リーゼントの喉元に、太い棒的なものが当てられる。この棒、鞘《さや》に入った剣だ。私はその剣を持つ人に視線を移して、思わず目を見開いた。

え、待って。なんで、ここに……アランが？

長い黒髪を後ろに束ね、簡易的な革製の鎧《よろい》を着ていた。

「ああん？　なんだてめえ」

「いいから、早くその手を離せ」

アランはそう言うと鞘に納まっている剣をさらに男の喉元に押し込もうとする。リーゼントは私の胸倉から手を離してその剣を掴んだ。意識が完全に私から逸《そ》れたようだ。

「てめえ、この俺様に、こんなもん向けやがったってことは、覚悟できてるんだろうな」

リーゼントはそう言うと、掴んだ剣をそのままひったくって遠くに投げた。

「覚悟？　何の覚悟が必要なんだ？」

「この俺様に、ぼこぼこにされる覚悟だよ！」

そう言って、リーゼントがアランに殴りかかろうとしたので、私はとっさにやつの足元をひっかけた。

リーゼントが駆けだすために勢いをつけていたところで、ドーピング済みの私の足のひっかけ攻撃。リーゼントは勢いよく私の足払いに転げて宙を舞い、顔から地面に落ちた。ものすごい音が鳴り響く。

あ、これは……痛い。

アランも目の前で転んで一人大打撃を食らったリーゼントが可哀想《かわいそう》になったのか、さっきまで怒りの剣幕だったけれど、可哀相なものを見るような目をリーゼントに向ける。

「だ、大丈夫か……？」

リーゼントを相手にしても気遣うアラン。優しい。

リーゼントはのっそりと地面から起き上がる。顔を上げると、自慢のリーゼントと鼻がへし折れていた。ぽたぽたと地面に鼻血を垂れ流しながら、アランを睨《にら》みつける。

「て、てめえ。一体何をしやがった!?」

どうやら、私の足払いが見えなかったらしい。アランのせいで転ばされたと思ったようだ。

アランは、少し困ったように私をちらりと見たが、視線をすぐにリーゼントに戻す。

「いや、俺は何もしてない」

「な！　つまりおめえ、お、俺様が一人で、こ、転んだとでも言いたいのか!?」

リーゼントはそう叫びながら顔を真っ赤にした。勢いよく殴りかかろうとして転んだことが恥ずかくなったのだろう。

「その……大丈夫か？　鼻から血が出てる」

アランが気遣わしげにそう声を掛けた。多分、わざとやっているわけじゃなくて、普通に不憫《ふびん》に感じてそう声をかけたのだとは思うけど……リーゼントは煽《あお》られたとでも思ったらしい。

もっと顔を真っ赤にさせて、ぶるぶる唇を震わせた。

「て、て、てめえ！　覚えてろよ！　今日はこれで勘弁してやるが、次は容赦《ようしゃ》しねえからな！」

リーゼントはそう捨て台詞《ぜりふ》を吐いて、その場から去っていった。

完全に負け犬の遠吠《とおぼ》えだった。

私はちらりとアランに視線を移す。不憫そうにリーゼントの背中を見送っていたアランだったけれど、私の視線に気づいたようでこちらを向いた。

「アラン、なんでここに」

「候補生としてここに入ってきた」

そうかもしれないとは思った。だって、アラン、軽装とはいえ武装してたから。

「それは、危ないよ。毎日訓練だし、怪我《けが》とかもすごいし、いじめっていうか、ああいう輩《やから》に絡まれたりすることもあるみたいだし……」

「危ないのはリョウも一緒だろ」

「私は世話係だから」

「でもさっき絡まれてた」

「それはそうだけど……」

「それに、あの時、リョウ、あの男をのして候補生になろうとしてただろ？」

「え、なんでわかったの⁉」

「どんだけ一緒にいると思ってるんだ。見てたらわかる。……リョウが候補生にならないといけない事情があるのか？」

「あ、うん。この星柱養成所をつぶすのに、候補生になっといた方が良くて」

「それって、リョウじゃなきゃダメなのか？　俺がなってもいいんだろ？」

「そ、それは……」

確かに、アランがなってもいい。私じゃなくても、良いと言えばいいけれど……。

「だめ、危険だよ。それに、候補生になるだけじゃなくて、上位に……できれば次の星柱選抜大会で一位になって、第二王女の星柱になってほしくて。私は、身体強化の魔法があるけれど、アランは使えないでしょ？　アランの魔法は、対人戦でこっそり使うのに向いてない。だから……」

「大丈夫だ。俺、やれるよ」

「やれるって……大会の一位になるってこと？」

定期的に、この星柱養成所では大会が開かれる。ただいま絶賛建築中のコロシアム的な建物で開かれ、たまに第二王女も見に来てくれるらしい。その大会で活躍して、王女のお眼鏡《めがね》にかなったら、晴れてめでたく第二王女の星柱だ。

「ああ。少し訓練しているところを見たけど、カイン兄様みたいに、圧倒的に強い人はいなかった。魔法を使わなくても、俺でもやれると思う」

確かにそうかもしれない。ここにいる人たちは、正直素人《しろうと》だ。農民とか盗賊とかの寄せ集めなんだもの。

それに引き換え、アランはおぼっちゃま故に幼い頃から剣術の師匠がついていた。カイン様が傍《そば》にいたし、魔法使いなのもあって剣術の技量についてはあまり注目されてなかったけれど、普通に強かったと思う。

でも……。

「……心配だよ。訓練なんて言ってるけれど、ただ乱暴に打ち合ってるだけって感じだし。さっきいた男みたいなやつらに囲まれて集団で殴られたりもするかもしれないし

「……」

「なら、余計に俺がやる。リョウにはさせられない」

「私は大丈夫。だって私には、魔法が」

魔法があるから大丈夫だと、そう答えようとしたら、アランに抱きすくめられて口をつぐんだ。

「リョウはいつも自分で全部背負い込もうとする。俺はそんなに頼りないか？」

別に頼りないって、思ってるわけじゃない。けど……。

「アランだって、知ってるでしょ？　私、傷ついたって魔法で治せるし」

「知ってるよ。傷が癒《い》やせることも、リョウが強いってことも。きっと誰よりも知ってる」

そう言ってアランが私の背中に回した腕の力を強めた。

「だけど、だからってリョウが危険な場所に行っていいわけじゃない。俺、リョウのこと、大切なんだ。だから大切にさせて欲しい」

微《かす》かに掠《かす》れた声。切実そうな思いが伝わってくる。

そんな切なげに、かなしげに言われたら、私、何も言えないんだけど……。

抱きしめられたアランの温もりから、私を想う気持ちが伝わってくるような気さえする。

私って、基本的には自分がやればいいと思いがちだ。自分がうまくやれば、私が頑張れば、我慢すればばって……。

昔、その傲慢《ごうまん》さで、コウお母さんを傷つけたこともある。生物魔法が使えるようになった私がますます無茶をするようになって、それでコウお母さんを傷つけた。

今回も同じかもしれない。私が意地を張ることでアランが傷つくのかもしれない。

アランの大切な人は、私。

今まで言葉を重ねて、時にはキスもして、そんなこと、わかっていたはずなのに。

でもでも、私だってアランが大切。アランが傷つくぐらいなら自分で……！　っていう思いも確かにあるけれど、でも、なんだろう。私、ちょっと嬉《うれ》しくなってる。

アランが、私を守ろうとしてくれる。その気持ちがとてもこそばゆくて……甘えてみたくなってしまう。甘えさせてくれるのが、甘えたいと思えることがすごく嬉しい。

私はアランの背中に腕を回した。そしてアランの胸に身体を預けて、うんと一回だけ頷《うなず》いた。

◆

「いて、いてててててて」

「ちょっと、アラン。あまり大きな声出さないで」

「わ、わかって、るよ……！　でも、痛いもんは痛いんだよ……っ！」

アランがそう言って、また痛みで顔を顰《しか》めた。

現在は、アランの星柱候補生のお部屋にお邪魔してます。一応星柱候補生には個室の寝床が用意されている。すごい狭くて、ギリギリ人が一人足伸ばして寝られるぐらいな感じだけど。

深夜にそこに忍び込んでアランが訓練中に受けた怪我《けが》などを私が魔法で治しております。最近の私の日課である。

私の治癒魔法は、便利は便利なんだけど、治す時の痛みがすごい。思わず顔を顰めて声を出してしまうアランの気持ちはわかるけれども、あんまり騒がれると私がこっそり候補生の寮的なところに忍び込んでいることがばれる。

私は痛みを訴えるアランを無視して、魔法を掛けていく。体中にできてた痣《あざ》やら切り傷はほとんど回復した。顔にちょっとした切り傷は残ってるけど、顔の傷が一晩で治ったら変に疑われそうなので、そのまま。

「よし。大体治療終わった。何か気になるところとか、ある？」

「いや、ない。ただ、リョウの魔法は便利だけど……治療する時のあの痛みは何回経験しても慣れないな」

治療を終えて、どこかげっそりしたアランがそう言った。

「もとはと言えば、毎日毎日痣を作ってくるアランが悪いんだからね！」

「しょうがないだろ。毎日毎日、あいつらが絡んでくるんだから」

そう言って、アランは身体の調子を確かめるように腕を回す。

アランが言う『あいつら』というのは例のリーゼントの一味だ。あの一件でどうやらアランを敵とみなしたらしいリーゼントはお仲間を連れてしつこくアランに絡んでくる。おかげで、私に絡んでくることはなくなったんだけど……アランは毎日傷だらけ。

訓練中もアラン一人に対して多人数で攻めてかかったりと様々な卑怯《ひきょう》な手を使ってアランをぼこぼこにしようとしてくる。

アランは弱くないけれど、流石《さすが》に多人数相手だと不利で。こうやって毎日怪我をこしらえるはめになっているのだ。

許せねえ、あのリーゼント。

「けど、良かった」

私がリーゼント野郎を思い出して忌々《いまいま》しい気持ちでいると、アランがそんなことを言うので私は首を傾《かし》げた。

「何が？」

「リョウが、候補生になるのをやめてくれて」

そりゃあ、流石《さすが》にあそこまでアランに言われたらね。でも……。

「私はちょっと後悔してる。なんだか私の代わりにアランが怪我《けが》してるみたいで……」

「そんなんじゃないだろ。それに、俺は……リョウのためなら傷ついてもいいんだ」

目を細めて笑うアランがそう言った。

あれ、なんだかこのセリフ、前にも聞いたことがある気がする。ずっと、昔に……。

「そういえば、同じようなこと、俺、前にも言ったな」

アランが懐かしげに微笑《ほほえ》む。

「私も聞き覚えがある。どこで聞いたんだっけ……確か学園にいた頃だとは思うけど」

「俺は、はっきり覚えてるよ。リョウがコウキさんとのことで悩んでて、人は傷つけ合いながらでないと大人になれないんなら大人になりたくないとか言ってて……」

あ！　あーーー！　思い出してきた！　そういえばそんなことあったかもーー！　ひえー、なんか改めて思い返すと恥ずかしい……！

「そうだった。それでアランが、私のためなら傷ついても構わないって言ってくれたんだ」

昔のアランとのやり取りを思い出して、ちょっとばかしほっこりした。私のことを想ってそう言ってくれたアランの心が本当に嬉《うれ》しい。

当時の私は、その時なんて思ったんだっけ。確か、とっても嬉しくて、それで……。

「それで、リョウは傷ついても構わないって言った俺の言葉をそのまま受け取って、なんかの人体実験を始めたんだったよな」

気落ちしたアランの言葉に、私ははっきりと当時の自分が行った非道を思い出した。

あ！　そうだった！　当時、生物魔法を見つけたばかりで、誰かに試したくて。そんな時にちょうどアランが、『傷ついても構わない』とか言い始めたからつい飛びついたのだった。

「あ、あの時は、大変お世話になりまして……」

「あれ、俺は結構勇気出して言ったんだよ。好きだって、リョウに伝わるかもしれないって思って……まあ、全然伝わってなかったんだがな」

「い、いや！　べ、別に全然伝わってなかったわけじゃなかった気がする！　あの時一瞬、アランって私のこと好きなのかな？　みたいなこと考えた気がする！　一瞬だけだったけど！」

「なんで、一瞬だけなんだよ……」

いやだって、それはさ、まさかアランがってなるしさ……ごめんね。

「で、でもでも、今はちゃんと伝わった。アランが、傷ついても構わないって言ってくれて、すごくアランの気持ち伝わってきて嬉しかった。それにしても、アランってあの時から私のこと好き、だったの？」

私がそう言うと、少し不満そうな顔をしていたアランの表情が和《やわ》らいだ。

「言っただろ？　ずっと好きだったたって」

マジか。正直驚いた。当時の私ときたら、恋愛の「れ」の字も知らないおこちゃまだったし、アランも当然自分と同じレベルだと思っていたのに！

「それにしても、こういうの良いな」

「え、何が？」

「こうやって、昔のことを思い返せるのが嬉《うれ》しい。昔のことを、その時リョウがどう思っていたのかとか、改めて知ることができて楽しい。今、リョウと一緒にいないとできないことだから」

アランがしみじみと何かを噛《か》み締めるように言う。

確かにアランの言う通りかも。私がアランを追いかけなかったら、きっと今こんな風に過去を一緒に笑って思い返すことなんてなかった。あの時のアランが伝えたかった気持ちを、知ることもなかったんだ。

「確かに、いいね。こういうの」

私もにっと笑って頷《うなず》く。ついでにくっつきたくなったのでアランの肩に頭を傾けた。

アランが私の頭に手を置いて、髪の感触を確かめるように撫《な》でる。

やっぱり好きだな。アランのこと。一緒にいると安心する。

「……星柱の選抜大会がもうすぐ始まるな」

「いけそう？」

「わからない。けど、やるしかないから」

「わざわざ、私を差し置いて星柱候補生になったんだから、ちゃんと勝ってもらわないと」

　私たちの目的は、あくまで村の人たちを穏便に取り戻すこと。そのために、アランは星柱候補として、第二王女に献上される戦士になってほしいのだ。

「おい、プレッシャーかけるなよ」

「でも、私、アランなら行けると思う。アラン、訓練し始めてどんどん強くなったし」

　実際、リーゼントの人にボコられてはいるけれど、怪我《けが》も軽くなった。多人数相手でも、結構渡り歩いていけるぐらいになってきている。

「リョウが、怪我したところを綺麗《きれい》に治してくれるから、鍛錬に集中できる。リョウのおかげだ」

「力になれたなら何より。そういえばアラン、次の星柱選抜大会で、第二王女がわざわざ視察に来るって聞いたけど、本当？」

「ああ、リョウも聞いたのか。本当みたいだ。この前、領主に呼び出された時言われた」

「え⁉　領主に呼び出されたとか初めて聞いたんだけど⁉　あんまりこっちの方まで来な

いよね⁉」

私はガバッと顔を上げてアランを見た。

「俺の顔を見に来たらしい。今まで、第二王女の星柱候補生として一番有力だったのがグリムドだったんだが」

「え？　グリムドって誰？」

「いや、最初に絡んできた男だよ」

あ！　あのリーゼントの名前か！

「グリムドは素行が悪いから、王女が認めてくれないとか言ってたな。今まで王女の御前での大会で何度も優勝したらしいが、王女がグリムドを欲しがらないらしい」

そう、星柱候補生の大会は今までも何回かある。そのたびに大体グリムドが優勝してるんだけど、王女はもっと精進しなさいと言うだけで星柱には加えてくれないらしい。

だけど、今回の大会にはアランがいる。アランならもしかしたら、と思う気持ちが領主にはあるんだろうね。

「それで、その時に、領主と交渉したんだ。俺が王女に認められたら、攫《さら》ってきた村人たちを解放してくれって」

「え？　本当⁉　それで領主はなんて答えたの⁉」

「いいよってあっさり認めてくれた。もともと王女に認められる戦士を育てるために集めたわけだから、王女のお眼鏡《めがね》にかなう戦士が出たらそれでいいんだろう」

ま、マジか……。当初の予定とは違うけれど、それはそれで村人返還計画、成功!?

まあ、でも、それだけを頼みにするのも危険だから、他にも手は打たないとではあるけれど……。

「大会、確か十日後ですよね？」

星柱候補生選抜大会は、現在細部を整えている円形のコロシアム的な会場を使って開かれる。まだ意匠とか細かい手入れは必要だけど、コロシアムとしての機能は使えるぐらいには完成しているのだ。

そして、星柱候補生選抜大会では、観戦料さえ払えば町の人たちも観戦できる。

その日に向けて、アランみたいな星柱候補生たちだけでなく、雑用係ともいえる私のような女性世話係も仕事が山積みだ。

「そう。あっという間だな」

「アラン、頑張ってね。私応援してるから」

私がそう言うとアランはうんと言って嬉《うれ》しそうに頷《うなず》いた。

なんかその顔がどこか楽しげに見えて、ふともしかしてって思った。

「もしかしてアランって、魔法使いじゃなくて騎士になりたかった？」

「え？　騎士に？」

「うん、だって、今、すごく訓練頑張ってるし、なんだか楽しそうだから、もしかしてって」

カスタール王国は、魔法使いになりたくても才能がなければなれない。でもよくよく考えればそれは逆のことも言えるわけで、騎士になりたくても、魔法の才があるとなれない。

アランはもしかして、騎士になりたかったのかも。アランの頑張りを見ていると、そう思えてきた。

けれどもアランは首を振った。

「別に、騎士になりたいわけじゃない。ただ、カイン兄様がかっこよくて」

ああ、カイン様に憧れて真似《まね》をしたくなった感じか。アラン、幼い頃からカイン様大好きだったもんね。わかる、わかるよ。なにせカイン様はイケメンフォロリスト。最高のイケメンだった。

「リョウが、カイン兄様のことばかり見てたから、俺、リョウに振り向いてほしくて剣術をやってただけだ」

「え？　カイン様ばかり見てた？　私？　そんなつもり全然なかったけど」

「見てたよ。リョウのことずっと見てた俺が言うんだから間違いない」

「いや、確かにかっこいいなとかはもちろん思ってたけど！　でも、別に特別な意味じゃなくて、憧れというか……」

「だけど、俺には向けてくれない類《たぐ》いの眼差《まなざ》しをカイン兄様には向けてた」

それはまあ、そうかもしれない……。

昔のことを思い返した。カイン様はかっこよかった。コウお母さんと一緒になってよくきゃっきゃと楽しくカイン様のファンをやっていた。尊敬してて憧れてて、私にとって眩《まぶ》しい存在だった。あんなお兄ちゃんが、いてくれたらいいなってずっと思ってた。

「で、でも、別に特別に好きとか、そういうのではなくて……」

「そうだとしても、羨ましかったんだ。いつか俺もそんな風に見てもらいたくて、だからカイン兄様の真似をしてた。リョウが今、俺のことを、俺のことだけを見てくれる時間があるのが、俺、すごく幸せだ」

「アラン……」

アランはいつも思いをまっすぐ言葉に乗せてくる。思わず顔が赤くなったけれど、私も照れながら口を開いた。

「わ、私も……」

微妙にどもってしまった……。素直なアランに比べると、私は気持ちを言葉にして伝えるのがへたくそで不甲斐《ふがい》ない。でも、私の精一杯の言葉をわかってくれたのか、アランは微笑《ほほえ》んでこちらに顔を寄せてきた。

「キス、してもいいか」

私は良いよと答える代わりに目をつむった。すぐに唇に柔らかな感触が降りてくる。

私も、今、アランといられて幸せだよ。

◆

大会当日。

コロシアム的な建物で、第二王女星柱候補生の選抜試合が行われることになった。

遠路はるばる王都からやってきた第二王女の接待に、大会準備。雑用係は大忙しである。

そうして色々な準備に大忙しの中、開かれた大会。大会特別ゲストである第二王女がとうとうお目見えした。領主自らおもてなし。そして王女は高みの見物とばかりにコロシアムの一番いい席に座った。

私は、それを他の観客席に飲み物を配りながら眺めた。第二王女は三十代ぐらいの大人の女性。

髪の色は、赤みの混じった金髪だ。

しかしその姿を見てふと思い出した。

「あれ、王族って、銀髪なんじゃ……」

ハイダル王子が銀髪は王族の特権！　とか言ってむやみに人目に触れさせないように隠してたはず……。でも見た感じ第二王女は銀髪ではないのだが？

「王族の力を誰よりも持っている俺だからこそ、この美しい銀髪なんだ。あいつとは格が違うのさ格が」

と先ほどお酒の入ったグラスを渡した見物客が得意げに言った。

深くフードをかぶっているこの男は、ハイダル王子。今日の日のために来てもらって、一般客に混ざって見てもらっている。

何といってもこの大会は一大イベント。めったにない娯楽的なものらしく、入場料を払ってでも観戦したがる町の人は多い。

しかもなかなかお目にかかれない王女様が来るとなれば、盛り上がりは最高潮。

今回の大会はトーナメント戦。事前に予選が行われ、三百人以上にも及ぶ戦士の中から十六人が選ばれて大会に参加している。ちなみにアランも無事に予選突破して大会参加選手に選ばれた。

今回大会で、優勝を期待されている選手の一人。

なにせ、品行方正で見目も良いアランは、領主のお気にいり。

アランは一回戦をすでに勝ち上がっているけれど、その時の試合が始まったとたん、領主は第二王女に話しかけまくっていた。内容は流石《さすが》に聞こえなかったけれど、多分、おすすめの戦士なんですよぉみたいな営業トークだろう。

「で、俺は何をやればいいんだ？」

偉そうな感じで椅子《いす》の背もたれに腕を回してハイダル王子が尋ねてきたので首を横に振る。

「いや、特には。アランが優勝すれば、村のみんなは返してくれる約束なんです」

「え？　それじゃあ俺の星柱じゃなくてまさか本当に第二王女の星柱になるつもりなのか？」

「なるわけないじゃないですか。村人たちの返還が確認できたらうまいこと理由を作って離れるつもりです」

「うまいこと理由を作るって、お前……大胆だな」

呆《あき》れたように鼻で笑われたけれど、気にしない。

「ただ、もし万が一、優勝できなかったり、うまくいかなそうな時は、王子の名を借りることになると思いますので、ご承知おきください」

「ああ、わかった。勝手に使えばいい。お前たちならな。だが、あの様子じゃアランは普通に優勝できそうだな」

第二回戦で戦うアランを見ながら王子が言う。

そうね、私もそう思う。アラン、訓練に訓練を重ねてかなり強くなった。もともと剣筋は良かったと思うけれど、少し体を慣らしてきたら、ここにいるならず者の中では群を抜いてしまった。

改めて考えると、アランって本当に何でもできるし、なんでも持ってる。

カスタール王国では貴族で、魔法使いで、美人なお母さんと、優しいパパと兄、学園生活だって私を差し置きリッツ君という友達がさらりとできたりして、いつもいつも順風満帆な生活していた。

幼い頃の私は、それがとても妬《ねた》ましくてしょうがなかった。優しい家族に、楽しい友達、地位と名誉が約束された輝かしい未来。何でも持っている。私にとって、アランは何でも持っている人。

でもそれと同時に、アランが努力家なのも知っている。もともと持っている才能に胡坐《あぐら》をかくような人じゃなくて、でもそんな素直なところも、私にとってはどこか妬ましかった。

そんなアランが、今では私の恋人。妬ましく感じていたアランの素直なところは、今では私がアランを好きな理由の一つだ。不思議。

「そうですね。アラン、このまま優勝しちゃいそうですね」

私はアランを追いかけるために、今までの全《すべ》てをカスタール王国に置いてきたけれど、アランも私と同じように置いてきたんだなと、何故《なぜ》か今更思った。

アランが言うには、私を忘れるためだったとか。私を忘れるために、私を含む今までの全てを、これからの未来すら置いていったのか。

「なんだ。優勝しちゃまずいような感じだな」

「別に、そういうわけではありませんが」

「なんだ、はっきりしない物言いだな」

「アランが、すごいってこと、昔からわかっていたんですけど、なんかそれを改めて見せられたような感じがして……」

アランが対戦相手の剣戟《けんげき》を軽くいなしている姿を見ながら、なんとなく落ち込んだ。

アランが持っていた約束された輝かしい未来を、私が奪ってしまったような気がして。

でもアランを返せって言われたって、もう返せない。私にとってアランはもう替えのきかない人。手放したくない。

「……早く、城が欲しい」

思わず呟《つぶや》いた私の言葉に、ハイダル王子が反応する。

「お、なんだ。その話題か。俺の星柱になる決意、固まったか？　前も言ったが城ぐらいいくらでもくれてやる。なんなら星柱になると誓ってくれたその日にあげてもいい。郊外にちょうど城と言っても差し支えない屋敷がある」

「本当に……？」

「俺は、気に入ったやつには嘘《うそ》はつかない」

星柱なんてよくわからないし、荷が重そうと思って敬遠していたけれど、第二王女の星柱候補生たちの戦闘技術を見ると、ぶっちゃけ私でもいける気がしてきた。

やってみても、いいかもしれない。

お城を手に入れて、そしてそこでアランと二人で暮らしてみたい。

そう思って、口を開きかけた時、きゃあああ！　と女性陣の声援が響いた。

見れば、アランが難なく二回戦の相手を倒していた。流石《さすが》アラン。

……というか、ちょっと気になるんだけど、女性の声援多すぎない⁉

あたりを見渡すと若い女性はみんな顔を火照《ほて》らせてアランの勝利を喜んでいる。

いつの間に、これほどの人気に……。

なんだか誇らしいような、そうでもないような、複雑な気持ち……なんだけど⁉

「お前の相方、ご婦人方の注目の的だな」

「そうみたいですね‼」

なんかイラっとして強めに声を出すと、ハイダル王子がニヤッと笑う。

「なんだなんだ嫉妬か？」

うるせえ。なんだろう。このもやもやは……。

と思いつつ、勝利を収めたアランを見ていたら、アランと視線が合った気がした。結構距離があるけど、私に気づいた？　体ごとこちらに向けてきた。

そして、まるで勝利を私に捧《ささ》げるとでも言いたげに剣を私に掲げる。

とたんに、私の周辺にいた女性たちが、きゃああと歓声を上げた。

「やだー！　私に合図を送ってきたわー！」

「貴方《あなた》じゃないわよ！　私よ!!」

などと騒ぎ始めた。

やだ、アランかっこいい！　照れる！　というか、周りの女性陣が、私私言ってるけど、アランが見たのは私だし！　アランは私にアイコンタクトしたんだし！

とアピールしたくなるのをどうにか堪《こら》えた。

やだあ、どうしよう。アランが、なんかかっこいいことし始めたんだけど！　というかモテすぎじゃない！　なんか複雑、なんか複雑！

私のアランなのに、他の女の子にきゃあきゃあ言われてる！　なんか、じっと見てたら、アランが女の子にきゃあきゃあ言われて鼻の下を伸ばしてきてるような気がしてきた！　私というものがありながら！

「おお、なかなかやるなあいつも。つーか、お前、顔やばいぞ」

嫉妬の炎に焼かれてメラメラしていると、ハイダル王子の若干引いたような言葉が。

「やばいって、私のことですか⁉　違いますよね⁉　やばいのは鼻の下を伸ばしてるアランですよね⁉」

「お、おう。まあ、そういうことでいいや」

キー！　なによなによ！

まるで私が、嫉妬のあまり言いがかり付けてるみたいじゃない！

まあ実際そうなんだろうけど！

私だってわかってるけれど、だって、モヤモヤするんだから仕方ないじゃないか……。

いや、今は冷静になろう。今は目的のために動いているわけだし、そのためにアランが目立つことは悪いことじゃない。心中は複雑だけど！

「けっ！　何がアラン様〜！　だ。胸糞悪い」

ほんとそれ！　アランは私のものなのに！

「あいつも、いい気になりやがってよ」

ほんとほんと、アランも鼻の下なんて伸ばしてだらしないんだから！

「あんなかっこつけたなよなよしたやつなんか、俺のパンチでいちころなのによう！」

そうそう……って、ちょっと待て。

先ほどまで、どこかから聞こえてくる荒ぶる声にぶんぶん顔を縦に振っていた私は正気に戻った。

声のした方を見ると、なんとリーゼント頭がいた。

イライラした顔で、大きく股を開いて座り込み、きゃあきゃあ騒がれているアランを妬《ねた》ましげに見ている。

わかる、わかるよ。アランってさ、妬ましいよね！

幼き頃の私を見るかのように眺めていると、リーゼントが私に気づいた。

「は⁉　なんでおめえこんなところにいるんだよ！」

メンチ切られた。

「観客の方に飲み物を売り歩いているんです」

「歩いてねえで座ってるじゃねえか⁉」

ごめん、ちょっとさぼってましたすみません。

私は隣のハイダル王子に目配せだけして立ち上がった。

「そろそろ持ち場に戻ります。リーゼン……ゴホン。貴方こそ、試合を控えてるのに何で観客席に？」

やば。リーゼントの名前が思い出せない。だれだっけか……。

「別に！　暇つぶしだよ！」

ははあ。さては、アランの試合を見に、わざわざ選手用の待合室から観客席まで来たな？

こいつも、そろそろわかってきたんだろう。自分じゃアランを倒せないって。今まで徒党を組んで、アランにちょっかいばかりかけてきたけれど……。

「決勝戦で当たりそうですもんね。偵察ですか？」

「は！　わざわざ偵察なんてするかよ。だがあいつは気味が悪いんだ。殴っても殴っても……次の日にはケロッとしてやがる」

忌々《いまいま》しそうにそう言った。どこか怯《おび》えたような顔すらある。

そうね、次の日にケロッとしてるのは私のせいだね。でも、あんな痛々しい状態のアランをそのままにはしておけないし。

彼が恐れる理由をわかりつつも、私は小ばかにしたようにふふんと笑ってみせた。

「それって、貴方の力が弱すぎるからでは？」

「なんだと？　てめえ。この俺に、そんな舐《な》めた口利《き》いたこと、後悔させてやるからな」

それはこちらのセリフ。アランが受けた痛みの数々は私がしっかりと覚えているから、お前にはその報いは必ず受けてもらう予定なので悪しからず。

「あら怖い。力弱き婦女一人相手に、そんな威嚇《いかく》するなんて。だから、領主様も貴方を見捨てて、彼に目を掛けたのでは？」

「う、うるせえ！　お前、覚えてろよ！」

リーゼントは負け犬の遠吠《とおぼ》えみたいな言葉を落とすと、席を立ってどこかに行ってしまった。

「なんだ？　あいつ」

「星柱候補生ですよ。アランが来る前は、ここで一番強かったようです」

「あんなのが？」

「まあ、ここ、星柱養成所とか言ってますけど、基本的に農民の寄せ集めなので」

「なるほどねえ。姉上は星柱集めに苦労してそうだ」

にやにや笑いながら言った。

「第二王女とは親しいんですか？」

「全然。年も離れているし、顔を合わせたことがあるのも手で数えられる程度だ。まあ、だが、やつは俺を嫌ってる。俺がこの、美しすぎる銀髪で生まれてきたからな」

「ああ、王家独特っていう……」

「そうさ。俺の母親は身分は低いが、銀髪の俺を産み落とした。銀髪は、王家の象徴だ。それに俺にはこの髪色に相応《ふさわ》しいほどの精霊力がある」

「精霊力？」

「精霊を見る素質だ。この銀髪は我が王家の始祖様と同じ。そしてそれに見合う精霊力。俺はこの国の王になるために生まれてきた」

ふふんと自信に満ちた言葉を放つハイダル王子にちょっと呆《あき》れた眼差《まなざ》しを送る。

「それにしても、不用心すぎません？　身分を隠すために髪を染めるでもなく、ただマントを羽織るだけなんて」

正直、見ようと思えば見れるし、ちょっとしたアクシデントで銀髪だってことがばれそうなものだが。

「優秀な護衛も連れてるし、放浪しているのは星柱探しも兼ねている。星柱にしたいやつを誘う時に、俺の身分をはっきりとわからせるためには髪色を見せつけるのが一番いい」

「それはそうかもですけど、目立ってしまったら逆に他の王位継承権を持つ人に狙われたりしないんですか？」

「一応影武者を立てている。俺は王宮にいるってことになっているんだ。俺が、こんな身軽に外に出てるなんて思っているやつはいないだろうよ。それに王位継承戦前の王子を直接狙うのは、規則違反。ばれたら、王位継承権を失う。それなりに考える頭があれば、そんなことはしねえよ」

「直接狙うのが、規約違反、ですか……」

しかも、王位継承権を失うとなればハイリスク。

「でも、それはそれで逆に危険なのでは？　政敵の王位継承権を持つものを一人弑《しい》して、その罪を他の王位継承権者に擦《なす》りつけることができたら、一気に二人を王位継承戦から排除できます」

ハイリスクだけど、ハイリターンだ。やろうと思う人は多いと思う。

私の言葉にハイダル王子はほうと感嘆の息とともに目を見開いた。

「なかなか大胆ことを考えるな。だが、その点の心配は不要だ。王族に連なる者のほとんどは、精霊を見ることができる。精霊の動きを追えば、真実は明らかだ。誰かに罪を擦りつけるという芸当はそうそうできない」

あー、精霊を見る力のことを失念してた。

カスタール王国にはない概念だからいまいち掴《つか》みにくい。

「ちなみに星柱が決まったとして、その星柱がちょっかいを掛けられるってことはありますか？」

直接王位継承権を持っている人には手出しできなくても、彼らの戦士となる星柱相手ではどうなんだろうか。そう思って疑問をぶつけると、ハイダル王子の目が面白《おもしろ》そうに輝いた。

「目ざといな。星柱になった者に何か妨害を仕掛けることについての罰則はない」

あ、やっぱり！

「それじゃあ、もし私が星柱になることを了承したら、命を狙われる可能性もあるってことですか？」

「まあな。だが、俺はこうやって外に出て密かに星柱を集めている。お前が星柱になったとしても、王位継承戦まで隠し通してみせるさ」

うーん、なるほどね。こんな簡単に城を手に入れるチャンスは他にない！　とは思ったけれど、やっぱりリスクは伴うよね。

「……私、星柱のことよく知らなくて、ここにいる人たちを見ていたら自分でいけるような気がしたんですけど、実際はどうなのですか？」

「そうだな。いくつか試合を見たが、ここにいるやつらは話にならないな。アラン以外はだが。そのアランでもまだ少し実力不足だ。でも、俺にはわかる。アランとお前は、実力を隠している」

どきりとした。やはりこの人は油断ならないな……。

「別に、隠しているとかはないですけど……」

「隠してないというのなら、ポテンシャルが高いんだ。鍛えれば鍛えるだけ強くなれる可能性がある」

「それは、精霊を見て、そう判断しているってことですか？」

「そういうことだ」

私ははあああと長く息を吐いた。この精霊を見ればわかるとかいうのが、なんとも理解しがたくて難しい。それに……。

「……この国のやり方ってずいぶん暢気《のんき》ですよね。王位を持つ者たちで軍を率いて戦争するわけでもなく、代表者を選んで戦わせるなんて」

思わずそうこぼすと、ハイダル王子が訝《いぶか》しげに片眉を上げた。

「お前、変わったことを言うな。まるで、初めてこの国に来たみたいだ」

あ、やばい。私はとっさに首を横に振る。

「いや、そういうわけじゃないですけど、ほら、田舎にいたので、こういうの詳しくなくて」

「まあ、それもそうかもな。一応この辺りは、ベイメール王国という一つの国にはなっているが、辺境の辺りは王家の力は行き届いてない。田舎から見ると、俺たちの王位継承の仕方は不思議か？」

「ええ、まあ。うちの村の村長も、村長一族の中から決まりますけれど、基本的には年長の者が継ぎますし。時には、いざこざもあります」

「まあ、そうだな。だが、ベイメール王国は、戦争をするだけの豊さを持ち合わせてない」

「豊かさ？」

想像していたものと違う返答がきたので、私は首を傾《かし》げた。

「腐肉と腐臭の魔女王が、大陸を二分したっていう歴史は、流石《さすが》に知ってるか」

私が頷《うなず》くと、ハイダル王子はまじめな顔で話を続けた。

「魔女王は、大陸を二分した。そして……二分した東側、カスタール王国にだけ呪文を残した。もともと、かつては魔法ありきの文明だった。それが突然奪われて……先祖たちは窮地に追い込まれた。カスタール王国に呪文を独占されてから、こちら側の人間たちは、今までの文明を手放さなくてはならなくなった」

ハッとした。

確かにそうだ。カスタール王国は、全《すべ》てが魔法ありきで生活していた。畑を耕すのも、作物を実らすのも、農具を作るのも、服を作るのも、全て。

でも、こちら側に、魔法を使うための鍵である『呪文』は残されなかった。

「魔法文明が滅び、こちら側に残された俺たちは混乱を極めた。残ったやつらで、協力し合わなければ生きていけなくなった。だから、統治者を決めるためだけに、大軍を率いて争い合うなんてくだらないこと、する余裕なんてない」

息を呑《の》んだ。

カスタール王国にいた時、こちら側のことを考えたことなんてなかった。あの時は、ほとんど行き来のない遠い異国の話だと、そう思って……。

「俺は必ず王になる。そして、かつての栄光を、カスタール王国のやつらに奪われた豊かさを、この国の者たちにもたらす」

確かな覚悟と野望を口にするハイダル王子の瞳には、復讐の炎が灯《とも》っているように見え

た。

その後、アランは順調に勝ち進み、決勝戦を迎えた。

相手はあのリーゼント男。苦戦することもなくアランはあっさりと勝利して本当に優勝した。

しかもいたくアランをお気に召したらしい第二王女は、アランを星柱にするとその場で宣言までした。

アランが無事に星柱入りしたら、攫《さら》われて無理やり働かされている者たちが解放されるという話はすでに周知されている。

アランの勝利に、攫われた村の人たちも歓喜したのだった。

転章Ⅳ　勝利者アランの食事会

星柱候補生選抜大会で、俺は優勝した。

そして大会後、戦勝祝いに領主と第二王女がいる食事会に誘われた。

骨付きのラム肉、香草のサラダ、ひよこ豆のクリームスープ、薄く焼いたパン、フルーツの盛り合わせ等々。様々な料理が白いクロスが敷かれたテーブルに並んでいる。

この肉、うまいな。リョウが好きそうだ。何かのフルーツで作られたようなソースが甘酸っぱくていい。リョウはこういうちょっと酸味の利《き》いた料理好きだからな。

あとでこの料理のレシピを聞いておこう。それでリョウに料理を振る舞って……。

リョウが俺の作った料理を食べて、黎明《れいめい》のように美しい琥珀《こはく》色の瞳を輝かせるんだ。それでうっとりした顔で『アランの作った料理は世界で一番美味《おい》しい。アラン大好き』って言って目を潤《うる》ませて……。

思わずにやけてしまっていると、肩のあたりを誰かにさすられた。

見れば、隣に座っていた第二王女が、俺の肩から二の腕当たりを撫《な》でまわしている。

化粧なのかどうかわからないが、頬を赤くさせて俺のことを見てた。

「ああ、それにしてもアランの試合、素晴らしかったわ。流麗で、美しくて……思わず見《み》惚《と》れてしまったほどよ。これからも、私の星柱として強く美しくありなさいね」

第二王女が甘ったるい口調でそう言いながら、俺の腕をすりすりとさする。むせ返るような香水の匂いが鼻につく。正直、きつい。

何でこの人こんなに距離が近いところに座っているのだろうか。

カスタール王国の貴族の会食は、ある程度距離が離れているから余計に不思議に感じる。これも文化の違いというやつなのか。

「王女殿下にそこまで気に入っていただき、この私も実に光栄にございます！　アラン君、これからも誠心誠意王女殿下に尽くすのだぞ！」

テーブルの向かい側に座っていた領主がそう言って、にんまりと笑う。王女に比べるとこちらは距離がある。なんだかバランスが悪く感じるのだが、こんなもんだろうか。

「……俺も期待に応えられたようで、光栄です」

当たり障りのないことを答えておく。

それにしても、そうか。俺、本当に勝てたんだな。

試合に勝つごとにリョウの姿を探して合図を送ったけど、リョウは見てくれただろうか。

目の前の檸檬水《レモン》に口を付けた。お酒も出されているが、今後のことも考えて酒は飲まない。それにしても酒といえば、以前間違って酒を飲んだリョウ、可愛《かわい》かったな……。またリョウに飲んでほしいような、でも誰にもあんな可愛いリョウを見せたくないから飲んでほしくないような……複雑だ。

「それにしてもアラン、貴方みたいな人が、こんな田舎に埋もれていたなんて……アッパスが田舎者を集めて星柱候補を養成すると聞いた時は、気でも狂ったのかと思ったけれど、良い結果になって本当に良かったわ」

アッパスというのはここの領主の名前だ。王女に『気でも狂った』と思われていたらしいアッパスは乾いた笑い声を上げる。

そんな風に思っていたなら、最初から止めて欲しかったんだが……。

いつの間にか俺の腕にもたれかかっている王女を残念な気持ちで見下ろす。

「いやはや、王女殿下は相変わらず手厳しい。しかししかし、このアッパス、王女殿下に喜んでいただけたようでなによりにございます。さあさあ、アラン君も、遠慮なく食べなさい。まだまだ料理はある」

アッパスがそう言うと、また料理が運ばれてきた。

米と魚を炊きこんだ料理だ。香辛料のいい匂いがする。こういうのも、リョウ結構好きなんだよな。

ただ、その料理を持ってきてくれた女性を見て、思わず眉根を寄せた。

見たことある。確か、リョウと同じ星柱候補生の世話係をしている女性の一人だ。そしてその顔がどこか辛《つら》そうなのも、気になった。

今頃は、労役からの解放を祝ってみんなで酒盛りをしていると聞いていたが……。

「俺が星柱に選ばれたので、ここから出たい人たちは解放してくれると約束してくださったはずですが……」

給仕をしてくれた女性がいなくなった頃合いに、領主にそう尋ねる。

「ああ、その件か。いや、もちろん約束は守る。解放はするよ。約束通り村人たちの労役は終わらせるつもりだが、今すぐということではない。こちらにだって事情というものがあるのでね」

もっともらしく領主が言った。確かに、急に人がいなくなるというのは無理なことかもしれないが……。

「……では、いつですか？」

「三年後だ」

当然のことのように、アッバスは平然と答えるので目を見開いた。

「三年……!? それでは話が違う！」

思わずテーブルに手をついて立ち上がる。

食器がガチャリと音を立てた。隣で寄りかかっていた王女がキャッと声を上げたのが聞こえたが気にしていられない。

「何も違うことなどないだろう。必ず解放する。それがただ三年後という話なだけだ」

三年後、結局は王位継承戦が始まるまでは解放しないということだ。

これから村へ帰れると思って喜んでいた村人たちの顔が過《よぎ》る。そしてそのために頑張ってきた、リョウの姿も……。

「……結局は、王位継承戦までは解放する気がないということですか？」

怒りを押し殺してどうにか声を出す。

「すまないね。アラン君。私もね、本当はすぐにでも解放するつもりだったのだよ。ただ、君が思いの外《ほか》に素晴らしすぎたんだ」

「どういう意味ですか？」

「王女殿下のご希望なのだよ」

アッバスがにんまりと笑うと、隣にいた王女も立ち上がって、また俺の腕に絡みついた。

「正直に言えば、私はあまりアッバスの計画には期待していなかったのよ。だけど、君という逸材が現れたでしょ。だから今後も君のような……」

と言って第二王女が、俺の頬に手を添える。どぎつい赤の唇が妙に近い。

「美しい人が出てくるかもしれないわ」

不快さで、思わず眉間にしわが寄る。

だが、ここで撥《は》ねのけるのは愚策だ。

少なくともリョウなら、そう言う。

ああ、くそ。せっかく、優勝して、リョウの願いを俺の力で叶《かな》えられると思ったのに
……。

結局、こうなるんだな。なんでいつもうまくいかないんだ。俺一人の力で、全部解決したかった。それで、リョウにすごいねって言ってもらいたいだけなのに、なんでこう、うまくいかないんだ……。

天井を仰いで、小さくため息をついた。

第六十七章　星柱候補編　七芒星《しちぼうせい》のイヤリング

アランが第二王女の星柱に選ばれたことで、攫《さら》われて無理やり働かされていた人たちが解放されることになった。

アランは、領主と王女がいる会食に行ったけれど、労役解放を祝って、ここで働いていた人たちで集まって酒盛りをすることになった。

会場は、例のコロシアムの闘技場。なにせ攫われた村人の数は三百人を超えるので、これぐらいの場所を押さえないとみんなで酒盛りなんてできない。

アランが無事に星柱の候補になれた祝いということで、ここを使うことを領主も許してくれた。

お酒は、今日、星柱候補選抜試合に振る舞われたお酒の余り、料理も余りものだけどいつもよりもずっと豪勢だ。

それになにより、労役から解放されて村に帰れる。

その喜びが、この場を一層賑《にぎ》やかせていた。

いたるところに笑い声が飛び交い、踊る人もいれば、大声でお世辞にも上手とは言えない感じで歌っている人もいる。

私は、自分から志願してここに入った、ということになっているので、喜び騒ぐ村人とは若干距離があるけれど、でも見ているだけで楽しい気分になる。

距離があるといえば、この場の端っこを陣取って、やけ酒っぽく飲んでいる団体に目を向ける。

よくアランを虐《いじ》めてきたあのリーゼント男の一団だ。彼らは、私と同じく志願組なので、他の人たちのように解放されて嬉《うれ》しいということはない。

むしろ、嬉しそうに騒ぐ村人たちを忌々《いまいま》しそうに眺めている。

特にリーゼント男なんかは、アランに負けたという事実まであるので余計にムカついているかもしれない。

まあ、私としては、ざまあみろ、という感じだけど。

私は決して恨みを忘れないタイプの女である。

「ええ!?　どういうこと!?」

私が、積年の恨みについて考えていると、闘技場の入り口の辺りから困惑したような声が聞こえてきた。

見ると、今にも泣きそうな顔で女性が何か訴えている。

「領主様、嘘《うそ》をついてる！　私たちを解放する気なんてないのよ！」

その金切り声は、思いの外《ほか》にその場に響き渡った。

私は思わず立ち上がって泣いて訴える女性のもとに行く。

「どうかしたのですか？　解放する気なんてないというのは？」

私がそう声をかけると、女性は涙で濡れた瞳をこちらに向けた。

「私、聞いちゃったの……私たちを解放するのは、三年後だって……」

「さ、三年……!?」

それって、結局、王位継承戦が終わるまで解放しないってことじゃん!!

あいつー！　確か、アッバスとかいったか、あの領主！　許せん！

せっかく、せっかくアランが優勝してくれたのに！

思わず目が据わる。そうこうしていると、その会話を周りの人たちも聞いたようで、

「う、嘘だろ？」といったような動揺した声が響き渡った。

先ほどまで騒がしかったはずのこの場が、今では一気にお通夜のように静まり返る。

ここにいたのは、明日にでも村に帰ろうと思っていた者たちだ。その絶望感たるや、どれほどのものか……。

「あっはははは！　最高じゃねえか！」

気落ちしたムードの中、めちゃくちゃ調子に乗った男の声が大きく響く。

そこにいたのは、お酒で顔を赤くしたリーゼント男。酒瓶を片手に、めちゃくちゃ嬉し

そうな笑顔でこちらに向かってくる。やつを慕う手下たちもついてきており、悲痛にくれる村人たちを馬鹿にするように眺めてゲヒャゲヒャと下品な笑い声を響かせていた。

リーゼント男は自ら志願して星柱候補の訓練生に来た。村人が解放されなくても問題ない、というかむしろ、村人がいなくなったらここで横柄に振る舞えないので解放されないほうが嬉《うれ》しいのだろう。

実際、明日にでも村に帰れると思っていた村人たちが意気揚々としていた時に、このリーゼント男は苦虫を噛《か》みつぶしたような顔をしていた。

「よーう、これからもよろしくなぁ！　今まで通り、可愛《かわい》がってやるからよぉ！」

嬉しそうにリーゼント男が両手を上げてそう宣言する。

可愛がるっていうのは、つまりリーゼント男がアランにしてきたみたいにただただ殴ったり蹴ったりするやつのことだろう。

リーゼント男の言葉を聞いて、何人かの星柱訓練生にされていた村人が怯《おび》えるようにびくりと肩を震わせた。

「き、きっとアラン様に言えばどうにかしてくれる……！　領主様とまた交渉してくれるさ！」

村人の中のどこかからか、そんな声が聞こえてきた。

リーゼントはその声がする方を見るとぎろりと睨《にら》みつける。

「んなわけねえだろ！　わざわざ領主にたてついて何の意味があるってんだ」

「だ、だが、アラン様は、私たちのために戦って勝ってくれた！」

「ばあああああか！　お前らを解放してあのいけすかねえ男になんのメリットがあるってんだ！　お前ら勘違いしてるみてえだから教えてやるよ！　あの男はな、お前らのことなんかこれっぽっちも考えてねえんだよ！」

「な、なにを言ってるんだ。現にアラン様は俺たちのために……」

「あんなもんよう、王女に対する点数稼ぎさ！　よくも知らねえお前らのために戦う男って嘯《うそぶ》くことでよう、王女に媚《こ》び売ったんだ！　うまいことやったもんだよなぁ！　俺に勝てたのも、きっと他にせこいことしたからにちげぇねえよ！」

馬鹿にするようにリーゼント男がそう吠《ほ》えると、村人たちはショックを受けたように項《うな》垂《だ》れた。

それを見て面白《おもしろ》かったのか、ゲヒャゲヒャとリーゼント男の手下たちが嘲笑《あざわら》う。

ものすごい不快な空間だった。

通常ならリーゼント男を嫌悪の表情で睨《にら》みつけているところだけど、私はどうにか我慢した。

アランが優勝して、それで村人たちを解放してくれるのが一番だとは思っていたけれど、うまくいかない可能性だってもちろん考慮していた。今から別の作戦に移る。

私はポケットに手を突っ込んで、そこにある物をぎゅっと握りこんだ。

そしてリーゼント男のところまで目に涙を浮かべつつ駆け出す。

意気消沈する村人たちを見てはしゃいでいるリーゼント男の目の前にたどり着くと、胸の前で手を組んで瞳を潤《うる》ませ見上げた。

「ああ、どうしましょう！　大変なんです……！　私、どうしたらいいか……！」

常に塩対応だった私の突然の登場に、リーゼントたちは目を大きく見開き、怪訝《けげん》そうに眉根を寄せた。

「あん？　お前、なにしに来た？」

怪訝そうに問うてくるリーゼント男。私は必死に目を潤ませて可愛《かわい》らしくてか弱い女性を演じつつ、手を開く。

「どうか、こちらを見てください」

そうして手のひらにある金のイヤリングをリーゼント男に見せた。

金のイヤリングには、七芒星《しちぼうせい》のマークが刻まれている。第七王子ハイダルが使う紋章だ。

金自体、なかなかお目にかかれない貴重なもの。そこに刻まれた七芒星。それが意味するのは、このイヤリングが第七王子のものであるということ。

「こいつは、金か？　しかも……七芒星!?」

驚きのため掠《かす》れた声でリーゼントが言う。金のイヤリングに釘付けだ。周りにいた下っぱたちも、あまりのことに絶句している。

なにせ、今私たちがいるのは、第二王女の星柱を育てる場所。

建物のいたるところに、第二王女を象徴する月の模様が描かれている。

そんな場所に、七芒星のイヤリング。こんなものを持っている者は、間違いなく裏切り者。バレたらタダですまない。

「このイヤリング、実はアラン様が持っていたんです！」

私が必死の表情でそう言うとリーゼントたちはこれでもかというぐらいに目を見開いた。

「彼の上着のポケットの中に、これがあって……私、思わずとってしまって……。アラン様はもしかして……」

この先は恐ろしくて口にできない、とでもいうように私は口を噤《つぐ》んだ。

すると、正気に戻ったらしいリーゼントがニヤリと口の端を上げて笑う。

「なるほどな。そういうことか。アイツ、第七王子の密偵だ」

「アイツが……!?」

下っぱたちが驚きの声を上げたが、リーゼントは確信したようで何度も頷《うなず》く。

「そうよ。他の王子の星柱に、自分の密偵を紛れ込ませるんだ。そして王位継承戦が始まった時にわざと負けさせる。王位継承戦ではよく使う手だ」

流石《さすが》に星柱候補生歴の長いリーゼントはその辺りのことも知っているらしい。

手下たちに得意げにそう説明すると、私にご機嫌な笑顔を見せた。

「お前、よく俺に言ってくれた」

「はい。アラン様がまさかの密偵だって気づいて私とてもショックで……。でもこのままだと王女殿下が危険です！　アラン様に対抗できるのは、貴方様《あなたさま》しかいません！」

「ああ、そうだとも！　その通りだ！」

私の言葉にかなーり気をよくしたリーゼントが私の手からイヤリングを奪い取る。

「こうしちゃいられねえ。このことは領主様に、いや第二王女殿下にもお伝えしなくちゃならねえな」

そう言ったリーゼントの瞳は今までにないぐらいギラついていた。

彼にとって、アランに負けたことは屈辱以外にない。そのせいで、自分は星柱への道が遠のいたのだから。

七芒星《しちぼうせい》の金のイヤリングは、気に食わないアランを追い込む絶好のネタになったことだろう。

「私も、ついていきます」

私がそう言うと、リーゼントは頷《うなず》いた。

まるで自分が英雄か何かにでもなったかのように気が大きくなった様子のリーゼントは、どかどかと大股で、アランや領主らが食事をしているだろう場所へと向かって行ったのだった。

◆

「領主様！　お話が！」

そう声を張り上げて、リーゼント男はアランたちが歓談をしているだろう部屋に突っ込んでいった。

部屋の中には、領主のアッバスと王女殿下、そしてアランがテーブルを囲んでいた。

それにしても王女とアラン、距離近くない⁉　そんなに近いところで食事する意味ある⁉

「お前は！　何でここに来た！　無礼にも程がある！　こちらには第二王女殿下がいらっしゃるのだぞ！」

私が嫉妬の炎をメラメラさせていると、領主がぎょっとした後に強くリーゼントを叱責した。

いかんいかん、まずはこちらに集中せねば。

私がちらりとアランを見ると、彼はわずかに頷《うなず》いた。そして部屋の奥にある出窓にちらりと一瞬視線を向ける。

作戦が変更されたことを理解してくれたようだ。

「無礼は承知の上ですが、どうしても伝えなきゃならねえことがあるんです」

リーゼント男は、領主に向かってそう声を張り上げた。

自分の行いが正しいと信じているからこそできる強気の荒技。

そして、リーゼント男はアランを憎たらしげに睨《にら》むと指差した。

「領主様、このアランという男！　裏切り者だ！」

「な、なにを言う⁉　よくもそのようなでたらめを！」

領主のアッバスは、リーゼント男の発言に眉を吊《つ》り上げた。やっと王女殿下が気に入る星柱を用意したところで、そんなことを言われてカチンときたのだろう。

「裏切り者？　どういうこと⁉」

裏切り者という単語に強く反応したのは、第二王女だ。

王女の反応に思わず笑顔がにじみ出たリーゼントはさらに一歩進み、王女に見えるように金色のイヤリングを掲げる。

「見てくだせえ、王女様！　このイヤリングを！」

リーゼントがそう言って掲げた金のイヤリングに七芒星《しちぼうせい》の文様が刻まれているのに気づ

いた王女が、カッと目を見開く。

「その七芒星のイヤリング……⁉　第七王子、愚弟ハイダルのもの⁉」

王女の驚愕の声に、わざとらしく険しい顔をしたリーゼントが力強く頷《うなず》いた。

「そうです！　このイヤリングを、なんとこのアランという男が隠し持っていたのです！」

リーゼントの言葉にその場にいる者の視点がアランに注がれる。

アランはそれを不機嫌そうに受け止めて立ち上がった。

「俺が、裏切り者だって？　そのイヤリングを俺が持っていたとどうして言い切れる？」

「それはこの女が説明してくれる！」

とリーゼント男は言って親指をくいっとさせて私を示す。

私は涙を溜めて、頬を赤らめ、怯《おび》えた表情を作り、とっても善良な可愛《かわい》すぎる小市民を演出してから、口を開いた。

「わ、私は、普段は主に星柱候補生様の服などを洗っております。それで、先ほど、アラン様のお召し物を回収し、洗おうとしましたらこちらのイヤリングが出てきたのです……！」

私の涙ながらの告発は、真実っぽく聞こえただろう。

領主は顔を引きつらせ、王女は唇を震わせて怒りをあらわにし、リーゼントは得意げに微笑《ほほえ》んだ。

「ま、待て待て。そのイヤリングは本物なのか？　偽物では……」

真っ青な顔で、救いを求めるように領主が言うのをリーゼントは首を振って否定した。

「このイヤリングは、金でできていやす。貴重な金細工をそこらへんのやつらが持てるわけがねえ！　そんな代物を持っているということは、このアランという男が第七王子の手の者ということで間違いありませんぜ！」

「く……そんな……！　アラン、これはどういうことだ！　このイヤリングは誠にお前が持っていたのか⁉」

またもやみんなの視線がアランに集中する。

アランは苦々しい顔で、無言を突き通す。まるで真実を突き付けられた犯人のような仕草！　うまいぞ！　アラン！

私は役者アランに心の中で喝采を送った。

「ほら見ろ。何も言ってこない！　領主様、あいつは裏切り者です！　それとも領主様はこの善良な娘の言葉を疑うんですかい⁉」

気をよくしたリーゼントは、そう言うとなんと私の肩を抱いて引き寄せた。

おっとっと、と思ったのもつかの間、先ほどまで真実を突き付けられた犯人面をしていたアランの顔がカッと険しくなった。

「おい、お前！　気やすく触るなよ！」

そしてその険しい顔のまま、リーゼントを責め立てる。

これはいけない！　私と関係があると思われて不審がられるでしょ!?

私はとっさに前に出て、金のイヤリングをかばうように両手を広げる。

「本性を現しましたね！　第七王子のイヤリングに気軽に触れていることが気に食わなくてそのようなことを言ったに違いありません！」

突如行われた『アランが声を荒らげたのは私に触れたことじゃなくてイヤリングに触れてることとです作戦』だったが、どうにか実を結んだようで、リーゼントは守るようにイヤリングを握りこむ。

「七芒星《しちぼうせい》に対するこの強い執着……！　尻尾が出たな！」

高らかに宣言するリーゼント。

「本当に、お前は第七王子の手の者だったというのか……!?」

驚愕する領主。

アランが裏切り者であると告発されてから、ずっと唇を噛《か》み締めて怒りでぷるぷる震えていた王女が、テーブルを思いっきり叩《たた》いた。テーブルの上のお皿がガシャンと大きく音を鳴らす。

「ええええい、忌々《いまいま》しい！　この男を早く捕らえよ！」

王女の怒号で、部屋にいた護衛の兵士たちは飛び跳ねるようにアランに向かっていく。

アランはそれらの動きを読んでいたかのようにするりと出窓がある方に向かう。

通常の部屋の入り口は他の兵士で固められて、逃げ場がないようではあるけれど、この窓は無防備だ。

「悪いな。捕まる気はない」

と、かっこつけたアランは窓を開くと、そのまま下へと飛び降りた。

これは予想外だったらしく、領主も含めこの場にいる人たちはぎょっとしたように肩をはねた。なにせここは、五階なのだ。そこから飛び降りて無事でいられるわけがない。

一人の兵士が、アランを追うように出窓を覗《のぞ》き込む。そして怪訝《けげん》そうな顔をした。

「い、いない……！」

その言葉に、他の兵士も出窓から下を覗き込む。

「本当だ！　やつの姿が見えない！　どこに消えたんだ！」

彼らの言葉に、領主がどけどけええええ！　と叫びながら兵士らを押しのけて前に、そして出窓から外を覗いて絶句した。

「本当に、誰も、いない……？　そんな、バカな！」

私は、なんてこと！　という険しい表情を作って口を両手で押さえる。思わず浮かんでしまいそうになる笑みを誤魔化《ごまか》すためである。

だって、私はアランが今どこにいるか大体予想がつく。ちょうど出窓の真下に隠れているのだろう。

アランは魔法使い、こういう石で造られた建物に魔法を使って足場を作るのもお手の物。死角になる出窓の真下で身を隠すなんて余裕なのだ。

「アッバス！　この責任、どうつけてくれるつもり!?」

王女の底冷えするような怒りの声に、領主が肩を震わせた。

「あ、ああ、あの、これは何かの間違いで……！　私は知らなかったのです！　いわば、私も被害者で……」

「ええい！　うるさい！　知らなかったで済む問題ではないのがわからないの!?　この私に、第七王子の密偵を送り込もうとしていたのよ！」

「は、はい。申し訳ありま、せん……」

「王女様、待ってくだせえ。あいつがいなくなった穴埋めは俺がしやすぜ！　俺が、王女様の星柱を務めてみせやす！　大会には確かに負けたが、あれはあいつの卑怯《ひきょう》な罠《わな》にはまったからであって、リーゼントが営業トークをし始めた。

食い気味で、リーゼントが営業トークをし始めた。

「だまれ！　お前みたいな品性のかけらもない愚か者がこの私にたやすく話しかけるな！」

王女の一喝が飛んで、リーゼントはひゅっと小さく息を吸って押し黙った。

王女はもうリーゼントには興味ないとばかりに領主に視線を移す。

「必ずあの男、アランを捕らえなさい！　そしてもうここはつぶす！」

「つぶす⁉　いえ、いえいえそんな……！　必ずや次回は王女様のお眼鏡《めがね》に適《かな》う者を用意してみせます！」

「まだわからないの⁉　王子の密偵をたやすく紛れ込ませたお前に失望したということよ！」

「そ、そんな……！」

顔を青白くさせて、領主が悲痛な声を出した。

王女の言葉は、領主が手掛ける星柱候補養成プロジェクトの廃止を意味している。

自身の唾を付けた星柱を王女に捧《ささ》げることで、王女に忠誠心をアピール。王女が王位を継承した際の見返りを期待して、このプロジェクトには莫大な労力と時間、お金を使ったはずだ。それが全《すべ》てぱあ。その絶望感はかなりのものであることは手に取るようにわかる。

領主は、思わず膝を床についた。

「ふん。お前のことは、今まで目をかけてあげたけど、それもこれで終わりよ。……もう帰るわ！　あのアランという男、必ず捕らえておきなさい！」

吐き捨てるように王女はそう言うと、さっそうと裾の長い服を翻《ひるがえ》しながら部屋から出て行った。

「くそ……なんで、なんでこんな……！」

部屋に残された領主の悔しげなうめき声が響く。

そこに、戸惑った様子のリーゼントが近づいていった。

「領主様、これは一体……俺は、あいつの代わりに星柱になれねえのか……？」

この期に及んで事の次第を理解できてない様子のリーゼントの言葉。領主は、顔を上げてきっとリーゼントを睨《にら》み上げた。

「お前！　どうしてあんなことを言い出したんだ！」

「え？　だってあいつは、第七王子の密偵じゃないっすか。ちゃんと言ってやらねえと……」

「わざわざ、第二王女がいらっしゃるところで言う馬鹿がどこにいる!!」

領主の怒声に、やっとやばいことをしたかもしれないと思い始めたらしいリーゼントが顔を青ざめさせた。

「いや、俺は……だって、あいつが裏切りもんだったから……」

「この馬鹿が！　せめて！　せめて私にだけ密かに言えばどうにか誤魔化《ごまか》せたかもしれぬというのに！　これでは、もう終わりだ。今までの努力も、全て……！　水の泡だ！」

そう言って嘆く領主を見て、リーゼントはハッと顔を上げた。

「待ってくれ、もしかして、王女殿下は、ここつぶすって……まさか、嘘だよな？　ここがなくなったら、俺はもう居場所がねえんだ。つぶすなんて……」

「つぶすしかないに決まっているだろう！　この馬鹿者が！」

「そんな、俺……そんなつもりじゃ……」

自分が悪手を打ったことを理解したリーゼントは、どさっと大きな音を立てて床に膝をついた。

魂でも抜かれたかのように気の抜けた顔で虚空を見つめる。

なんだか可哀相《かわいそう》な気もしなくもないけれど、アランや他の星柱候補生たちを傷つけてきた報いともいえる。

そしてこれで、私の目的は果たされた。この養成所がつぶれれば、ここにいる村人たちは解放するしかない。用無しだもの。

絶望したご様子の領主とリーゼントを眺めながら、私は小さく安堵《あんど》のため息を吐き出した。

◆

領主は、理不尽な労役を課していた村人たちを解放した。

領主が企画した星柱養成プロジェクトは破綻《はたん》したのである。

これからは、細々と堅実な領地経営に精を出してほしい。

もともとは悪いこともしないけど、良いこともしないというので有名な地味な領主だったらしい。おそらく第二王女と繋《つな》がりを持てたことで変に野心を抱いてしまったのだろう。

今回のことを教訓にして、これからは地味にまじめに生きていってほしいものである。

ちなみにリーゼントたち、無理やり労役を課された村人じゃないならず者どもも屋敷から追い出されて、今必死に再就職先を探している模様である。

そうして、解放された村人たちは自分の村に戻り、私とアランはハイダル王子と合流して少し町を探索してから遅れてジジババたちが集まる山村へと戻ったのだった。ちなみに町にいる間、お尋ね者のアランは女装して難を逃れていた。体格に合ったゆったりした服を着せれば断然いけた。

「お嬢ぉおおお！　お務めご苦労さんした！　それにしても流石《さすが》でさあ！　村人を取り返してくるたあ……。これで、この村で今まで通り暮らしていけるってもんでさあ！」

帰還すると村の年寄り連中は涙を流して喜んでくれた。先に戻っていた村の若い者たちが私たちのことをいい感じで語ってくれたようだ。

ただ喜び方が、刑務所から帰ってきた組長を歓迎するような感じな気がするのは気のせいだろうか……。だって、なに、『お務めご苦労さん』って。いや、確かに勤めてたけどさ。

領主のもとを解放されて村に戻ってきた村人たちも、私たちの帰還に感涙してくれた。子供たちも、両親が戻ってきたのが嬉《うれ》しいようで、何度もありがとうと感謝の言葉を言ってくれた。

寂れていた村がすでに一気に活気づいている。思わず顔がほころんだ。

ただ、私を出迎えるジジババの様子がちょっとおかしいので一瞬顔色曇らせていたけれども！

ほんと、ごめんね。別にそうしようとしてしたわけじゃなくて……勝手にそうなったというか……私のせいじゃないからね⁉

「いい景色だ……」

活気づいた村の様子を見つめてしみじみとそう呟《つぶや》いてうんうんと頷《うなず》くのはハイダル王子。彼もここまでついてきていた。

「なんで、お前もついてきたんだ……」

アランが疲れたようにそう呟くと、ハイダル王子が飄々《ひょうひょう》とした笑みを浮かべた。

「俺がついていきたくてついてきたんじゃないぜ。俺の歩く道に、お前らもいたってだけさ」

「嘘《うそ》つけ。いつまで俺たちに付きまとうつもりなんだ？」

アランが呆《あき》れたようにそう言うと、ハイダルはにやりと笑って私の隣まで来た。

「いつまで付きまとうかは、こちらのお嬢さんに聞いてくれ」

気障《きざ》ったらしい仕草でそう言うハイダルの言葉に、アランは驚いたように軽く目を見開いてから、私に視線を移した。

「リョウ？」

アランの怪訝《けげん》そうな顔になんとなく居た堪《たま》れなくなり、私は視線を逸《そ》らした。

「あー、その、実は、私、ハイダル王子の星柱になろうかなぁって思って……」

ちょっともじもじしながら、言う。

だって、今まで散々ならないならない言っていたのに、結局なるんかい！　って感じだし。

というか、その星柱になる理由が、私たちの愛の巣になるであろう城が欲しいというなんとも、下心丸出しな理由だし……。

アランと一線を越えるために、星柱になるという決意をする己の必死さが恥ずかしい。我ながら肉食女子すぎる気がする……。

しばらく下を向いてもじもじしていたけれど、アランからなんの反応のもないのが気になって顔を上げた。

すると、険しい顔をしたアランが私を見ていた。

え……もしかして、めちゃくちゃ怒ってる……？

「ア、アラン……？　どうかした？」

私が恐る恐るそう声をかけるとアランの目がカッと見開いた。

「どうかしたじゃないだろ！　なんで、そんなこと……！」

とアランが声を荒らげた。

ど、どどど、どうしよう！　めちゃくちゃ怒ってる!!

よく考えたら、アランに一言も相談せずにこんな大きなこと決めたのは良くなかった！

私だって何の相談もなくいきなり夫が一軒家買ってきたら怒るし!!

ああ、自分の下心丸出しな願望があばかれるのが恥ずかしくて、アランに相談すると
いう当たり前のことを、忘れていた！

「ご、ごめん！　アランに何も言わずに、決めちゃって……！」

慌ててそう謝罪すると、アランはハッとして口元を押さえた。

「いや、こっちこそ悪い。大きな声、出して……」

困惑顔でアランはそう言うと、さらに口を開いた。

「けど、俺が怒ってるのは、なんの相談もないことだけじゃなくて……」

と視線を彷徨《さまよ》わせつつ言うと、上機嫌なハイダル王子に目を止めて、苦虫を噛《か》みつぶしたような顔をした。

「二人で話し合ってくる」

アランはハイダル王子たちにそう言うと、私の手を握ってアランの家のある方向に進む。

私も黙ってアランについて行った。

私の手を握るアランの手が、すごく冷たい。アランがすごく緊張しているのが伝わってくる。

ど、どうしよう。アランが未だかつてこれほど私に怒りをあらわにしたことがあるだろうか……。

もしかして、これ、私、フラれる……？

戦々恐々しながらアランについていくと、予想通りアランの家に連れ込まれた。

この村に、それぞれ空き家をもらって二人で暮らしていたけれど、アランの家に入ったことはあまりない。アランは、二人で一緒の部屋にいることをすごく気にするから……。

ここまでずっと無言だったアランが、私をベッドに座らせて、その向かい側に椅子を置いて座る。

何も言わないけれど、目力がすごい。アラン、めちゃくちゃ怒ってる……！

ドギマギしていると、膝の上に乗せていた私の両手をアランが包み込んだ。

「リョウは、ハイダルみたいな男が好きなのか？」

どんなお叱《しか》りの言葉が出るのかとビビっていたら、思ってもみない単語が飛んでくる。

「え？　……ハイダル？」

ちょっと意味を理解できず言葉を繰り返すと、アランが苛立《いらだ》ったように眉根を寄せる。

「……俺、もう、今更、無理だから」

え⁉　何が⁉　私と恋人でいるのが無理ってこと⁉

あまりの衝撃に、言葉に詰まっていると、焦《じ》れたようにアランが口を開いた。

「今更、他の男が好きだって言われたって、もう手放す気ないから！」

「いや、アラン以外に好きな男なんていないけど⁉」

想像の斜め上なんだが⁉　な、なんでアランそんな勘違いしてるの⁉

「けどリョウは、アイツの方が良いんだろ⁉」

「アイツって誰⁉」

「ハイダルのことだよ！　どことなくヘンリーっぽいし……！　だから、星柱になるなんて言ったんだろ！」

「いや、違うけど⁉」

ていうか、ハイダル王子、全然ヘンリーっぽくなくない？　王族キャラぐらいしか被りなくない!?

と強めに否定してるのに、アランの顔は晴れない。私の言葉なんて聞こえない、みたいな感じで項垂《うなだ》れた。

「リョウ。いやだ。俺、もうリョウを二度と諦めたくない」

「諦めなくて良いよ!?」

むしろその意気や良し！　だよ!?

「まってまって、落ち着いてアラン。私の話を聞いて」

私の手を握るアランの手を私は逆に包み込むと、まっすぐアランの顔を見た。

あの綺麗《きれい》なエメラルドの瞳が、不安げに揺れてる。

ごめん、アラン。不安にさせて。

「私が、好きなのはアランだよ」

「なら、どうして、星柱なんかに……。あんなに嫌がってたじゃないか」

「それは、そうなんだけど……」

私が星柱になりたい理由を口にしようとして口ごもる。

だって、私が星柱になりたいのは、城を手に入れたいため。つまりは、アランと一線を越えるため。

なんか、そんな欲望満載な願望を口にするのが、恥ずかしい。

でも……ここで言わなかったら、私の好きな人がハイダル王子、なんていうバカバカしいでたらめを払拭できない。そうなったら、きっと後悔する。

私は恥ずかしさを唾ごと呑《の》み込んだ。

「私が星柱になったら、ハイダル王子が、お城をくれるって言って……。だから私、星柱になることにしたの」

私が、恥ずかしいのを忍んで告白すると、アランがポカンとした顔をした。

「……城？」

「……うん」

「城って……え？　城？」

「うん、城」

「住みたいってことか？」

「住むっていうか……いやもちろん、住んでも良いけど……」

私の言葉がどんどん萎《しぼ》んでく。

て、いうかさ、アランのその顔、何!?

なんで城なんか欲しいんだ？　みたいなとぼけた顔してるけど、俺たちの最初はお城の中でって言い出したのはアランなんだけど!?

「なんでそんなに、城が欲しいんだ？」

と、困惑顔で聞いてきたアランを見て、私の中の何かがプツンと音を立てて切れた。

し、城が欲しいっていうか！　わ、私が欲しいのは……！

先ほどまで、ちょっぴり恥ずかしリョウちゃんだったが、今はもう羞恥心も何もかもが散っていった。

いや、だってさ、アランのこの、なにもわかってなさそうな、初心《うぶ》そうな顔がさ！

私は怒りのまま、アランの襟首を掴《つか》んで手前に引き込んだ。そして右足を軸にして身をひるがえし、立ち位置を逆にさせる。ついでにアランの足を引っ掛けた。大外刈りである。

アランのすぐ後ろは、ベッド。バランスを崩したアランはそのままベッドに後ろから倒れ込み、というか私が押し倒すような形で倒れていく。

二人してベッドに沈むと、私はアランの腰にまたがるような形で体勢を整え、驚くアランの顔を挟むように両手を置いた。

壁ドンならぬ、ベッドンである。

「城が欲しいんじゃなくて！　私が欲しいのはアランなの!!」

突然大外刈りを喰《く》らった驚愕か、それとも私の言動が意外だったのか、アランの目が大きく開かれた。

誰も止める人がいないので、私の勢いは止まらない。

「ア、アランが、初めてをするなら、ちゃんとしたお城じゃないとって言ってたから‼」

アランが言い出したことだから！　アランが始めた物語だから！

「え、お、俺……⁉」

状況を理解したのかしてないのか、顔を真っ赤にさせているアランが、弱々しくそう言った。

ちょっと戸惑ってる様子のアランを私は、見下ろす。

大外刈りが痛かったのか、それとも困惑のためか、少し目が潤《うる》んでる。

エメラルドの瞳が、潤ったせいでいつもより綺麗《きれい》に光っているように見えた。

もうこのまま、いっそのこと襲ってしまいたい衝動に駆られた。

私がどれだけアランのことが好きなのかわからせてやりたい。この何もわかってなさそうな初心《うぶ》そうな顔をめちゃくちゃにしてやったらどれほどスッキリするだろうか。

私の中の色欲の悪魔が、『やっちゃおやっちゃお』と楽しそうに囁《ささや》いてくる。私の中の色欲の悪魔は生まれたばかりのはずだったのに、今では熟れに熟れていつの間にか百戦錬磨の熟女のようになっていた。

「ま、待て！　待ってくれ！」

懇願するようにアランがそう言うと、両手で私を押す。

しかしその力は弱く、私はびくともしない。

すると、距離を取ることを諦めたらしいアランが、私を押すのを諦めて、自身の顔を両手で覆った。困惑顔だったアランが、さらに顔を赤らめて恥ずかしそうに顔を背ける。

「ま、待ってくれ……」

「ううん、もう待たない。アランはもう私に身を委ねてれば良いから」

すっかり色欲に支配された私がキメ顔で言うと、先ほどまで初心な乙女のようだったアランの目がカッと見開いた。

「いや、それ、俺が言いたかったやつ！」

いいの！　早い者勝ちです！

私は、右手を持ち上げ、アランの肩、そして胸の辺りまで手を滑らせる。

そしてふと気づいた。

もう我慢ならん！　と思って情熱のまま動こうとしたけれど、よく考えたら私、やり方がよくわからない。

胸の辺りまで滑らせた手が止まる。

ど、どうしよう。この後どうしたら良いんだろう。

私は、私を掻《か》き立てた心の中の色欲の悪魔に改めて問いただす。

すると先ほどまで百戦錬磨のやり手ぶってた色欲の悪魔が、無邪気な笑顔を浮かべてランドセルを背負い出した。

だ、だめだ！　やっぱり私の中の色欲の悪魔は、生まれたばかりだった！

落ち着いて、私。私には前世の知識があるはずよ。

かつてはその前世の知識を利用して、村を発展させたよね。それで天上の御使い扱いされて迷惑した例の知識チート。

前世に至っても、こういう恋愛方面の経験は皆無だけど、でも知識だけはある！

そう確か、股間の辺りのアレをアレするんだったはず……。

一度、胸の辺りで止まっていた私の手が動き出した。

胸より下、腹の辺りを通って、そして……。

「ちょ、ちょ、ちょ、ちょ、ちょっと本当に待った!!」

アランがガバッと起きて、どんどん下に滑る私の手を掴《つか》んだ。

跨《また》がっていたアランが起きたので、私はバランスを崩して後ろに倒れそうになったけれど、アランがそれを抱き止めた。

「アラン！　突然起き上がったら危ないから！」

「危ないとかの問題じゃなくてだな！」

じゃあ、なんの問題があるっていうの!?

「待ってくれ、落ち着いてくれ、リョウ……」

そう言って、アランが私をギュッと抱きしめてきた。

アランの温もりに包まれて、私はどうにか自分の気持ちを落ち着ける。

「ごめん、話をさせてくれ。話したい」

思いの外《ほか》にアランの声が切実そうで、私はうんと無言で頷《うなず》く。

私も、なんか暴走しすぎたかもしれない。いや、かもしれないじゃなくて暴走しすぎた。うん。

改めてベッドの上でお互いに向き合った。

「つまり、リョウが、城を欲しいと思ったのは……俺と、その……するため？」

アランが少し照れながら、言いにくそうにそう尋ねてきた。

うん、まあそうなんだけど、改めて聞かれると恥ずかしくなってくるね……！

でも、私の気持ちについては、先ほど、色々吐露してしまったので、もう誤魔化《ごまか》しはきかない。

「うん……そう。お城でってアランが言ってたから……。アランがどんなお城を想定しているのかわからないけど、ちゃんとしたお城を手に入れるのに、一番手っ取り早いと思ったのが、ハイダル王子の星柱になることだったから……。星柱になるって誓えば、継承戦まで待たなくてもくれるって言ってたし」

「リョウ……」

アランは私の名前を呟《つぶや》いて動かないので、無性に不安になった。

ぐいぐい行きすぎて引いてる？

「なんか、違った？」

「……え？」

「私が、想像以上にそういうのに興味津々で引いた？」

「いや、引くわけないだろ！　むしろ……！　その……嬉《うれ》しいよ。さっきちょっと言葉に詰まったのは、嬉しかったからだ。リョウは、俺がリョウを思うほどには、多分、俺のこと好きじゃないような気がしてたから……」

「え、なんで⁉」

隙あらば、くっついたりしているのに⁉

「いや、なんとなく。今まで、相手にされてない期間が長くて……でも、その、今回ので、リョウもちゃんと俺のこと好きなんだなってわかって……嬉しかった。でも、その、城は、俺が自分で用意するつもりだったから」

「え？　城を？　アランが？」

何か他にあてでもあったの？　カスタール王国にいたのなら、伯爵家で魔法使いのアラン様に用意できないものはなかったろうけれど、今は昔の身分を捨てて心機一転隣国に渡ったわけだし……。城を建てるとかいっても、家を建てるのに必要な財産も、伝手《つて》も何もないと思うんだけど……。

「あてっていうか、自分で建てるつもりだったから。魔法で」

「え？　自分で……魔法で？」

でもよくよく考えたら、アランさんは魔法使いでいらっしゃるので、材料を少しばかり集めたらちょちょちょいでお城ぐらい建てられるのかもしれない……。

「リョウもそのつもりだと思ってた。カスタール王国だと、自分の魔法で建てた家を渡してプロポーズするのが、魔術師の一般的な作法だっただろ？」

「え!?　そうだっけ!?」

知らないけど！　そんな、ご存じ、魔法使いのしきたり！　みたいなこと言われても、私魔法使いじゃないから知らないんだけど！　指輪の交換とかじゃないの!?

「知らなかったのか!?　恋愛小説とか読むと、そういう話が出てくるだろ」

「恋愛小説はあんまり読んだことなくて……」

というか、その口ぶりだとアラン恋愛小説とか読んでたの!?　二重の衝撃が……。

「知らなかったのか。いや、それもリョウらしいといえばリョウらしいけど……。リョウって、みんなが知らないことをたくさん知っているのに、みんなが知ってることを知らないってとこあるもんな」

そんな感心したように言われても……！　でも、そうか、魔法使いのプロポーズって家を魔法で建てることなんだ……。

と、いうことは、アランが初めてする時は城の中で……っていう話のくだりは、もしかして、将来プロポーズしますよ的な、そういうやつだったの⁉

「まさかリョウが知らなくて、その上自分で城を手に入れようとするなんて思わなかった」

「私もまさか、アランが自分で建てるつもりだったとは思わなくて、というか将来の約束の意味があると知らなくて……」

私がそう言うと、アランが不安そうに眉尻を下げた。

「……重いか？」

「え？」

「俺の、気持ち。俺、これからもずっとリョウと一緒にいたいって思ってるけど、それは俺だけ？」

「アランだけなわけないよ！　私だってそうだよ！　だから海を越えてここまで来たんだから！　言っておくけど、そういう意味では、先に覚悟を決めたのは私だよ！」

じゃなきゃ、今までの全《すべ》てを捨ててまでアランを追いかけてない。ていうか、アラン、私の気持ちの大きさをいまだ理解していないな⁉　いつかたっぷりとわからせてやらねば……！

私が心の中で今後のアランわからせ計画を練っていると、アランは心底安心したように顔を和らげた。

「良かった。でも確かに、魔法が知られてないこの国で、むやみに魔法を使って城を建てるのは危険かもしれない。リョウの言う通り、誰かの伝手《つて》を借りて、すでに建てられた城をもらい受ける方が現実的で、安全だ」

と言って、アランがまじめな顔で思案し始めた。

ごめん。私が先走った暴走の結果をまじめに考えてくれてありがとう。

しばらくするとアランは考えがまとまったようで、うんと頷《うなず》いた。

「なら、俺が星柱になる。あいつの話だと、どちらでもいいってことだったし、俺でもいいだろ」

「え、でも……私が勝手に決めちゃったことだから」

「いや、俺がなる。言っとくけどもう譲るつもりない」

「けど、星柱は危険もあるって……」

「わかってる。でも領主から村人を取り戻すために、俺は一度ハイダルの手の者だってことになってる。それが星柱っていう、より目立つ地位になったってだけで、危険性は今までとそれほど変わらないだろ」

言われてみれば確かにそう。でも……。

「でも、それも私が考えた作戦にアランがのっかってくれてのことで、アランにばかりリスクを背負わせるなんて」

「言っただろ。もっと頼れって。リョウは、俺のこと頼りないなんて思ってないって言うけど、結局は全部自分で背負い込もうとする」

アランに核心をつかれて口をつぐんだ。

先ほどまで、アランはなんで私の気持ちを素直に受け入れないのかきちんとわからせてやらねば！　などと思っていたというのに、問題が私の態度にあるということを逆にわからされてしまった。

私って結局、人に対して臆病なのかもしれない。

幼い頃は、自分の価値を示さないと誰にも愛されないと思い込んでた。……そんなことないって、コウお母さんに教えてもらったはずなのに、いまだにその考えを完全にはぬぐえてない。

私が全部やらなきゃ嫌われてしまう。迷惑をかけたら離れていってしまう。そう思ってしまう臆病さがある。

けど、そうじゃない。アランは、私が少し抜けていたって好きでいてくれるはずだし、たまに迷惑をかけたって笑って許してくれるぐらいの懐の深さがある。

アランはそんな人。だから私は好きになったんだから。

「それじゃあ、アラン。その、お願いしてもいい？」

「当たり前だろ。俺がしたいって言ったんだから」

穏やかなアランの応じる声に、ほっと安心して、アランの胸にもたれかかる。

いつも肩ひじ張ってしまいがちな私にとって、こうやってたまに甘えさせてくれるアランがとても愛しい。

「アラン、好き。ずっと一緒にいたい」

「俺も」

背中を抱くアランの腕がさらに強くなった。

幸せって今かも。アランを追いかけてきて本当に良かった。

エピローグ　七芒星《しちぼうせい》の星柱

村に若者たちが戻ってきた。

ということで、私とアランが村にとどまる理由もなくなったし、というか、早くハイダル王子がくれるっていう城を見に行きたいので、村人たちに別れを告げた。

もちろん、私とアランを慕っていた様子の村のご老人の方は、『見捨てねえでくだせえ！』とか言いながら、泣きながら嫌がったけど。

その必死な姿を見て、私は早くここを出て行かないと大変なことになると察し、逆に決心が固まった。

その日のうちに村を発《た》ったのだった。

ちなみにハイダル王子に星柱になるのは私じゃなくてアランでもいいか聞いたところ問題ないとの返答はもらっている。

というか、彼的には、私とアラン二人とも星柱になってほしいみたいだけど。流石《さすが》にそれはちょっと様子見だ。

そして私たちが目指す物件は、ここから南の方角にあるらしい。今いるココがすでにべイメール王国の東端に近いので、私たちが住むかもしれないお城がある場所は、王都から結構離れた辺境地のようだ。

ハイダル王子とマルジャーナさん、そして私とアランで南下していく。もうこのメンバーでの旅も慣れたものです。

「お城、楽しみですねぇ。まだですか？」

私が、うきうきと小道を歩きながら、何度目かわからない質問をすると、ハイダル王子が疲れた顔で額に浮かんだ汗をぬぐった。

「まだだ。あと少しのはずだが……それにしても何回聞くんだ？」

ハイダル王子は、私たちの中で一番旅慣れてないからいつも最初にばてる。どうやら疲れてきたらしい。まあ、王族という高い身分の人がここまでできる方がおかしいんだけど。

私は太陽の方角を確認する。ちょうど真上。昼休憩をするのにちょうどいいかもしれない。

本当は少しでも早く進んで、早くお城を見学したいけども。

「そろそろ、休憩にしましょうか？」

私が尋ねると、ハイダル王子はマルジャーナさんに視線を移す。

マルジャーナさんは、そうですね……と言いながら、あたりを見渡してから口を開く。

「けど、本当にあともう少しです。もう少し頑張れますか？」

と気遣わしげにハイダル王子に尋ねると……。

「はッ。余裕」

と、全然余裕そうじゃない顔で、余裕ぶった。

「それにしても城って……随分とひっそりした場所にあるんだな」

アランが木々ばかりの周りの景色を見て、そう呟《つぶや》く。

「まあな。もともと、命を狙われやすい星柱をかくまうための建物だから」

え、そうなの？　それって大丈夫？　ちゃんとお城感あるのかな……。

「何、不安そうな顔するな。レンガ造りのしっかりしたやつだ。使用人を住まわせて手入れしてもらってる。お前らにはその城と、管理している使用人ごとやるつもりだ。場所は辺鄙《へんぴ》だが、不便はさせない」

「うん。僕もそこに住んだことあるけど、良いとこだったよ」

「え、マルジャーナさんも？」

「うん。今は、王子から声がかかったから護衛の任についてるけど、声がかかる前はそこに住んでた」

「え？　じゃあ、もともとマルジャーナさんのものとかだったりしますか!?」

「違う違う！　こんな風に星柱の人たちが使う拠点がいくつかあるんだよ。今から向かうのはその一つってだけ」

「となると、今、他の星柱の誰かが住んでいたりするんですか？」

「安心しろ、今、星柱は誰もいない。それに、これからその城は、お前らのものにするから、他のやつにはもう使わせない。ま、そこをお前らが気に入ってくれたらの話だがな」

「あ、ほら。そんなこと言ってたら、見えてきたよ！」

マルジャーナさんはそう言うと前方を指さした。

まだ間に高い木々があって全容は見えないけれど、赤い円錐《えんすい》状の屋根が見えてきた。

おお。おお。大きいのでは？　先ほど、星柱の隠れ場所的なことを聞いたので、どうなのかと思ったけれど、高さはあるぞ。

はやる気持ちを抑えつつ、少々足早にて前に進むと邪魔だった木の枝がなくなり建物の全容が見えてきた。

しっかりした城壁に、赤い円錐の屋根のある円柱状の棟がいくつか見えた。レンガ造りのアーチ状の門扉。しっかりした木製の扉。

こんな辺鄙《へんぴ》なところに、思った以上にしっかりしたおしゃれな建物が！

カスタール王国で見てきたような本物の王宮と比べたら当然小さいけれど、アランと二人で住むとなると十分すぎる広さ。

「わああ、素敵なところですね！」

思わず声を上げた。内装も気になるところだけど、もう気持ち的にはかなり気に入ってしまった。

お。建物の横に、厩舎《きゅうしゃ》もあるぞ。ええ、いいじゃん。馬飼っちゃう？　乗馬とかしちゃうー？

と未来のマイホーム生活に思いを馳せていると、「ん？　なんで馬があるんだ」というハイダル王子の怪訝《けげん》そうな声が聞こえてきた。

よくよく厩舎を見てみると、確かに中に馬が一頭いる。

「誰か滞在してるのかな？」

マルジャーナさんの暢気《のんき》な声に、ハイダル王子は「そんな話聞いてねえが」と返した。

え？　誰かいるってこと？

そうこうしていると、屋敷にたどり着き、門扉をくぐる。

屋敷の入り口の前には、老若男女七人ぐらいの人たちが頭を下げつつ恭《うやうや》しく立ち並んでいた。おそらく屋敷を管理している使用人たちだ。

「ハイダル様、おかえりなさいませ。マルジャーナ様もおかえりなさいませ」

使用人の中でも年配の一人がそう言うと、王子の前に来た。

そして、私とアランの方を見て、少し驚いたように目を見開くと視線をハイダル王子に移す。

「こちらの方々は、もしや新しい星柱の？」

「そうだ。場合によっては、この屋敷は二人のものにするつもりだ」

「なるほど。かしこまりました」

「それよりも、何故《なぜ》厩舎《きゅうしゃ》に馬がいるんだ？　誰か来てるのか？」

挨拶もそこそこにハイダル王子がそう問うと、使用人のおじさまは目を見開いた。

「ハイダル様はご承知ではないのですか？　蠍座《さそりざ》のお方が滞在されております」

「は？　蠍？　あいつこんなところにいたのか」

怒っているような、呆《あき》れたような声でそう言うと、ハイダル王子は嫌そうに顔を顰《しか》めた。

マルジャーナさんがハハハと乾いた笑い声をたてる。

「道に迷って、たまたまたどり着いたここでゆっくり休んでたんでしょうねえ」

「蠍？　他の星柱がいるのか？」

アランが尋ねると、ハイダル王子は不本意そうに頷《うなず》いた。

「まあ、な。あんまり認めたくねえが、星柱の一人だ。くそ。こんなところにいねえで俺を探せよ！　俺が探してるやつらの顔を直接見てるの、あいつしかいないってのに……」

心底疲れたみたいな感じで、ハイダル王子が嘆いた。

そういえば、すっかり忘れてたけれど、ハイダル王子って確か、駆け落ちしてしまった婚約者を探すために旅していたんだよね。それで男女の若い二人組を探していたんだった。

あれ、でも。さっきハイダル王子、『探しているやつらの顔を直接見てるの、あいつしかいない』みたいなこと言ってなかった？　自分の婚約者なのに、直接顔を見たことがない？　いや、まあ、そういうこともあるかもとは思うけど……。

「あ！　あああああ！　おーうじいいいい‼　僕を探しに、来てくれたんですねええぇ！」

明るい、パリピ系の大きな声が上から聞こえてきた。

声のした方を見ると、三階のテラスのようなところから、こちらに手を振っている人影がある。

ちょうど逆光で眩《まぶ》しくて、顔が見えない。

でも、何故かその声に聞き覚えがあるような気がした。

「お前を探しに来たわけじゃねえよ！　ていうか、お前が俺を探しに来いよ！」

ハイダル王子が怒鳴り返すが、テラスの人は楽しそうにきゃっきゃしていた。

「ははは！　すみません！　僕、すぐ道迷っちゃうから、もういっそのこと動かない方がいいかなって思って！」

と言う暢気《のんき》そうな声の後に「降りまーす！」と続けて言うと、テラスの手すりに足をかけて飛び降りた。

え⁉　そこ、三階だけど⁉

と、焦ったけれど、飛び降りた人物はタトンと三階から降りたにしては軽すぎる音で、着地した。なんで、タトンなんだよ。ドッシンでしょ⁉　三階だよ⁉

私は驚愕に目を見開きながら、三階から降りてきた人物を凝視する。

着地した時に座り込んだ体勢だと顔が良く見えない。でも、真っ赤なその髪には覚えがあったような気がした。

いや、ある。しかも、あまり良い記憶じゃない。

この人、もしかして……。

「王子い、すみませえーん！　でもこうやって合流できたってことで、逆に良くないですか？」

そう言って、顔を上げたところには糸目のにこにこ笑顔。この、なんとも表情の読みにくい顔。やっぱり、あいつだ。

隣にいたアランも気づいたようで、こちらに視線を向けてきた。

「こいつ、バスクにいた時のあれじゃないか？」

アランが小声で、警戒を示すように言うので私も頷《うなず》く。

そうだ、こいつ、あれだ。バスクにいた悪徳商人ペロルドンの面倒な方の用心棒！

確かこの人、バスクの地下牢《ちかろう》に捕らえられてたはず……。

私とアランの困惑に気づかないハイダル王子とマルジャーナさんが、蠍《さそり》という星柱の一人らしい赤髪の男と言葉を交わしている。

どんどん、嫌な予感が確信に変わってくる。

「そうだ。お前がいない間に、新しい星柱見つけてきたんだ」

ハイダル王子が楽しげにそう言ってこちらを振り返る。

蠍と呼ばれた赤髪の男も、こちらに顔を向けた。

私は、思わず一歩後退する。

ペロルドンの用心棒が、実はハイダル王子の星柱の一人だった。それだけなら別にいい。だからあんなに強かったんだと、納得もできる。

問題は、ハイダル王子が、男女の若い二人組を探していたことだ。そして先ほどの会話で、ハイダル王子は、その二人組を直接見たことがあるのは、赤髪の男だけだと言う。

ハイダル王子が探しているのは、やはり私とアランだったのでは？

そして、探している理由は……。

アランの試合を見に来ていた時に交したハイダル王子との会話を思い出した。

かつての魔法文明を独り占めしたカスタール王国に対する強い恨み。

「へえ、新しい星柱！　それって強いってことですよね!?　ぜひ一戦交えたいですねえ！」

　笑顔で実に楽しそうにそう言った赤髪の男の顔が、私とアランを見て、固まる。

「……あれ？　新しい星柱って、この二人ですか？」

「そうだが、なんだ？　まさか知り合いか？」

「知り合いっていえば、知り合い？　っていうんですかね。ていうか、この二人、ハイダル王子が探していた二人ですよ」

「は？　俺が、探していた二人……？　俺が探していたのは……」

　そう言って、まだ困惑した表情で私とアランを見る。

　そしてすぐに、いつでもどこか余裕のある表情を浮かべていたハイダル王子が、無表情になった。

「お前ら、カスタールから来た魔法使いだったのか？」

　その声も強張《こわば》っていた。ここまで来るのに築き上げてきたはずの信頼関係とか、情だとかが、全《すべ》て無に帰ったような声。

「……カスタール？　魔法使い？　一体、何の話ですか？」

　一応、とぼけてみせる。

　あの時に垣間見えたカスタール王国の魔法使いたちに対するハイダル王子の憎しみというか、思いは大きなもののように感じた。

このまま素直に魔法使いだと認めると危険な気がする。

「この二人ですこの二人です！　女の子の方は魔法使いかわかんないですけど、すごい馬鹿力。こっちの男の子の方は多分、魔法使いですよ」

否定した側《そば》から、赤髪男が飄々《ひょうひょう》とした様子で横やりを入れる。

すると、ハイダル王子が私の方をじっと見た。

「だが、宿屋で見た石像と似てるっちゃ似てるけど、全然違うだろ」

ハイダル王子の呟《つぶや》きで、わかった。何故《なぜ》ハイダル王子が、アランと私が探していた二人組ではないと断じたのか。ハイダル王子は、アランが作った私の石像を参考にして探していたんだ。あの石像は、バスクの宿屋に置いてきたからそれを見て……。

「石像の方は、めちゃくちゃ美人だった。胸ももう少し大きかったし」

ハイダル王子が、怪訝《けげん》そうにそう続けて、私はカッと目を見開いた。

「ど、どういう意味ですか!?　実物見たらあんまりでしたってこと!?」

思わず声を荒らげた。確かに、アランが作ってくれた私の石像は、かなり美化してたけども！　そんな！　そこまで言われるほど差なくない!?

「リョウ……！」

窘《なだ》めるようなアランの声。いけない。思わず突っ込んでしまった！

これでは、私が例の石像の乙女だとばれる！

案の定、ハイダル王子はしたり顔で頷《うなず》いた。

「なるほどな。アランが作ったのなら、誇張されているのも納得か」

「待って、誇張とか言わないで」

地味に傷つくから。

「そうだ。それに、あれは……リョウの美しさの半分も表現できてない。お前の目は節穴か？」

アランは、納得できんという感じでちょっと不機嫌そうにそう答える。

これじゃあ、その石像の乙女のモデルは私で、作ったのはアランですってばらしたも当然だけど、まあ、今更か。

どちらにしろ、隠しきれそうにないなら話は早い方がいい。

「……それで？　どうやらハイダル王子たちは私たちをお探しのようですけど、何の御用が？」

周りを警戒しながら、そう答える。

この場から、逃げられるだろうか。身体強化の魔法を使って、アランを抱えて逃げるとか？　いや、流石《さすが》に無理か。なにせ向こうには、マルジャーナさんと、赤髪の男がいる。

「ああ、用なら、たっぷりとある」

そう言ってアランを見た。

「特に、そっちの魔法使いだ」

「待ってください。アランは魔法使いでは」

「戯言《たわごと》はいい。あの石像を作ったのがアランなら、アランは魔法使いだ。あの石像は魔法使いの手で作られた品物だって、見ればわかるからな」

そういえば、ハイダル王子には見えるのだ。私やアランにはよく見えない、何かが。

「そうか、今思えばお前たちの周りに流れる独特な神気は、カスタール王国から来たからってことか。なるほどな。残念だよ、良い星柱を見つけたと思ったのに」

「なんだ、あれだけ言っておいて星柱にするのをやめたのか？」

アランが警戒するようにそう言うと、ハイダル王子は鼻で笑った。

「まあな。俺の星柱に、カスタール王国の卑怯者は要らない。お前たちに望むのは一つ。呪文をよこせ。俺たちから奪った豊かさを、さっさと返せ」

深い怒りを滲《にじ》ませながら、ハイダル王子は、私とアランにそう言ったのだった。


〈『転生少女の履歴書13』完〉

この作品に対するご感想、ご意見をお寄せください。

●あて先●

〒101-0052 東京都千代田区神田小川町3−3
イマジカインフォス　ヒーロー文庫編集部

「唐澤和希先生」係
「桑島黎音先生」係

ヒーロー文庫

ヒーロー文庫

転生少女の履歴書《てんせいしょうじょのりれきしょ》 13

唐澤和希《からさわかずき》

2023年10月10日　第1刷発行

発行者　廣島順二

発行所　株式会社イマジカインフォス
〒101-0052 東京都千代田区神田小川町 3-3
電話／03-6273-7850（編集）

発売元　株式会社主婦の友社
〒141-0021
東京都品川区上大崎 3-1-1 目黒セントラルスクエア
電話／049-259-1236（販売）

印刷所　大日本印刷株式会社

ISBN 978-4-07-456310-4